LE TESTAMENT DU PROPHÈTE

Du même auteur

La Nuit des calligraphes, Fayard, 2004
Le Târ de mon père, Fayard, 2007
Muettes, Fayard, 2010
La Dernière Ligne, Fayard, 2013
J'ai longtemps eu peur de la nuit, Robert Laffont, 2016
Le Calame noir, Robert Laffont, 2018

YASMINE GHATA

LE TESTAMENT DU PROPHÈTE

BOUQUINS

roman

92, avenue de France 75013 Paris
ISBN : 978-2-38292-325-2
Dépôt légal : janvier 2023

À ma sœur, Jenny

Nul ne peut atteindre l'aube
sans passer par le chemin de la nuit.

Gibran Khalil Gibran

D'autres que moi écrivent comme ils parlent,
moi j'écris comme je me tais.

Amin Maalouf

Malheur et bonheur sont des enfants
qui jouent aux osselets du temps.

Wajdi Mouawad

Les éclats de gravillons jouaient sous nos portières. Les bas-côtés de cette route montagneuse comptaient d'innombrables cailloux, des petits soldats nous sommant au silence.

Les contreforts rocheux rythmaient notre ascension. Nous regardions, impassibles, l'enfilade standardisée de gorges et de flancs de cette longue chaîne calcaire.

Les passagers déploraient à tour de rôle ce bétonnage sauvage, saisis par la multitude de terrasses entretenues par l'homme, signes de son labeur acharné à soumettre ce relief inhospitalier.

J'étais silencieuse, interdite.

Ils découvraient cette montagne lourdement urbanisée, traversée de câbles et de pylônes.

Fixer les genévriers au sommet de l'éperon rocheux me rassurait, je devinais leurs branches robustes naissant dès le tronc.

J'étais trop près du but pour me défiler.

J'avais fui cet endroit un demi-siècle plus tôt, y revenir me plongea dans une émotion déroutante, un trouble qu'il m'était impossible de décrire.

Je n'avais pas les mots alors qu'ils étaient depuis toujours mes seules armes pour affronter la vie.

À cette absence de mots s'ajoutait l'odeur des lieux nous enveloppant à notre insu. Et les cailloux impactant la carrosserie, qui continuaient à m'asséner le même message, un truc qui sonnait comme :

> Après tant d'années, tu reviens enfin. T'as cru devenir quelqu'un mais tu n'es personne. Tout juste bonne à revenir dans cette misère qui t'a vu naître.

Notre route croisa un sentier de chèvres. L'une d'entre elles s'immobilisa et fixa longtemps notre véhicule.

Je fus la seule à interpréter son regard quasi-humain qui ressemblait à une mise en garde.

Les coups de sifflet l'obligèrent à rejoindre son troupeau. Elle disparut aussi vite qu'elle était apparue.

Regarder en contrebas la vallée tapissée de vignobles, de vergers et de conifères calma ma nervosité croissante.

Un épais brouillard encerclant le village retarda notre arrivée.

Privés de visibilité, nous avancions à basse allure, les pleins phares éblouissant ce halo blanc et matinal sans jamais parvenir à le percer.

Ce fut le deuxième message après celui de la chèvre et là, encore, je fus la seule à interpréter ce signe.

Les bruits de la bourgade se firent entendre malgré l'opacité ambiante. Le son précéda la vue : tintements métalliques, clapotis de cascade, moteurs vrombissant, voix disparates s'effaçant sous le crissement de nos roues.

Le conducteur freina, la nuée s'écarta comme si nous entrions enfin sur scène.

Il tira le frein à main brutalement, des mâchoires serrant mon cœur, et remit le volant droit.

Le chapelet suspendu au rétroviseur intérieur cessa de tinter. Un bruit de clés stoppa net le moteur.

Nous étions figés sur le seuil d'un village désert avec pour seul comité d'accueil, le ruissellement de cette fontaine publique identique à mon souvenir.

Seuls les plus vieux la connaissent. Ils attendent depuis longtemps sa venue.

On revient toujours à ses origines. La pauvreté originelle devient soudainement une mythologie, après avoir été une honte, un déshonneur.

La célébrité lui donne tous les droits, elle est auréolée par sa réussite.

Ils sont restés, elle est partie.

Ils n'ont rien fait de remarquable dans leur vie alors qu'elle s'est distinguée, est sortie de la mêlée. Le chemin était semé d'embûches mais elle l'a fait, a réussi cet exploit.

Ils ne vont pas lui dérouler le tapis rouge, ni s'empresser autour d'elle.

Elle n'est pas supérieure, elle est restée à leurs yeux une fille de la montagne, une primitive.

Ils l'épient de leurs fenêtres, ont déserté la place en un clin d'œil à l'approche de son véhicule. On ne souhaite pas la bienvenue à quelqu'un qui nous a fait tant de mal.

Ils s'imposent un silence intégral, s'interdisant même de bouger, ont éteint transistors et télévisions.

L'équipe de tournagc est descendue du véhicule en même temps. Ils ont dégourdi leurs jambes, dégageant le coffre de leur matériel. C'est lourd mais ça roule.

Le chauffeur reste muet devant ce village dépeuplé.

Elle n'est pas sortie immédiatement, a mis du temps à ouvrir sa portière. Inconsciemment, elle différait son arrivée de quelques secondes, c'est toujours bon à prendre. Rien ne commencerait tant qu'elle resterait dans l'habitacle.

Elle a posé son pied, ajusté sa veste sur ses épaules et n'a pas tout de suite refermé la portière. Elle a pris une grande respiration et a foulé la place en direction de la fontaine.

Elle a remercié de loin le chauffeur et a posé ses deux mains dans l'eau glacée du bassin.

Ses coéquipiers semblaient perdus, à la recherche d'un quelconque signe de vie. Ils ont même pensé à l'exode rural, aux migrations pour expliquer ce phénomène. Ils n'avaient pas conscience que la vie grouillait à l'intérieur des façades.

Cet accueil ne leur était pas dédié à eux, mais à elle qui devinait déjà des visages dissimulés derrière les rideaux jaunis des fenêtres.

Ses pas résonnent sur les pavés du village, elle déambule sous les arcades pour se dérober à leur vue.

Son temps est compté, pas plus d'une journée de tournage pour retracer la genèse de cet auteur à succès.

Au coucher du soleil, ils partiront tous avec dans « la boîte » ce pèlerinage d'une fille du pays venue revoir la maison de son enfance.

Pour optimiser ce court séjour, une feuille de route censée aborder les points essentiels de cette jeunesse que rien ne promettait au succès, à l'exception de cette altitude qui coupe le souffle.

Ce village est un point de départ, le lieu de ses premiers apprentissages, de ses premières images, celles qui se gravent à vie dans la mémoire et forgent la sensibilité.

Ici, en une seule journée, on tentera de percer le mystère tout entier de l'écriture.

Pour l'instant, pas de place aux mots, elle s'imprègne, s'imbibe, se sature.

Elle réactive les souvenirs de cet espace fondateur en marchant, ses pas sont des éclairs, des réveils qui rallument l'oubli.

Marquer une pause lui permet de calmer l'invasion d'images pêle-mêle. Elle en oublierait presque son âge.

Dans sa tête, elle note tout ce qu'elle voit, les choses mineures illuminant des traces majeures.

Elle n'a rien oublié de ces garde-corps, miradors, rampes, niches de Vierge emplies de fleurs fanées.

Le village lourdement restauré après la guerre a fait disparaître le vieux souk, les minuscules échoppes et les petits artisans.

Autrefois, sous les arcades, les tanneurs, bouchers et marchands ambulants chassaient chiens et chats.

Les conduits à ciel ouverts dégageaient une odeur pestilentielle, sans compter les vidanges inopinées qu'il fallait sans cesse contourner, les eaux sales et stagnantes souillant l'unique paire de chaussures qu'elle possédait à l'époque.

Cette place est désormais figée, sans odeurs et sans bruits.

Le sol pavé présente ici, et là, des herbes folles reprenant leurs droits.

À la dernière voûte, elle s'arrête net et ferme les yeux, ses jambes vacillent sur ce sol qu'elle a tant investi symboliquement.

Ce village est aussi familier qu'inconnu. Elle est face à elle-même et ça la déroute.

C'est une étrangère chez elle, une indigène chez eux.

Les techniciens du son et de l'image chuchotent, la suivent, appareils en main. Elle l'ignore, mais le tournage a déjà commencé.

C'est elle qui les conduit sans le savoir dans ce dédale de rues sombres derrière l'église du village.

Il y a des rues qui n'existaient pas autrefois.

Ils l'accompagnent caméras et micros prêts à saisir cette voix de femme encore nouée à la gorge.

La réalisatrice fait un signe au cameraman et tente une première question, celle qui signale le début du reportage.

Elle ne répond pas, pénitente dans une crypte à ciel ouvert. C'est une femme de dos qui avance, effleurant d'une main les vieux appareillages de pierres.

Une chanson de Fairuz accompagnera en fond sonore cette silhouette toute de nostalgie vêtue.

Des volets grincent, des fenêtres s'entrechoquent. Tous regardent en l'air malgré l'étroitesse des ruelles. Ils se sentent épiés.

Des crachats troublent le cortège silencieux, des sécrétions qui pleuvent comme bruines humides.

L'ingénieur du son essuie son crâne imberbe et apostrophe sans les voir ces enfants dérobés derrière les fenêtres.

Elle est la seule à savoir que ce ne sont pas des farces de gamins, mais les représailles des plus vieux.

L'équipe de tournage forme une mêlée solidaire, consternée par tant d'agressivité.

Elle n'a pas cillé et n'a pas essuyé son front.

La salive et l'encre ont à ses yeux les mêmes propriétés.

Les insultes ont jalonné leur parcours. Des vieux jurons provinciaux à peine audibles sans articulation et sans tonalité, dispersés de part et d'autre de la voie qu'ils empruntent.

Nul doute que ces doyens du village attendaient ce moment depuis longtemps.

Leurs lèvres remuaient à peine, presque immobiles, gages d'une haine trop ancienne. Des vieillards se hasardaient dans les rues, ceinturant l'équipe comme des vautours postés à des emplacements stratégiques pour ne lui donner aucun répit, aucun sursis.

L'équipe coupa le son et l'image, baissa caméra et micro. Ils ne saluèrent personne, tête baissée comme pour désamorcer une colère qui ne leur était pas destinée.

Elle n'a jamais ralenti, ses pas foulant les pavés au même rythme, tête haute et regard invincible. Elle n'est pas femme à se laisser déstabiliser ainsi. Les natives de ce village ont la peau dure et épaisse. Son long exil n'avait ni affiné, ni lustré sa peau.

Une femme accoudée à une fenêtre l'avertit sans crier, son index dressé :

> Tu n'aurais pas dû revenir. Rentre chez toi tant qu'il est encore temps.
>
> Ce retour te portera malheur. Pars et ne reviens jamais plus. Les gens d'ici te détestent. Tu les dégoûtes.

Elle n'eut aucune réaction. Cette longue tirade ne provoqua aucune expression sur son visage. Ses paupières ne cillèrent même pas.

L'équipe, au pas derrière elle, fut surprise par son indifférence.

Ils toisèrent la vieille femme au visage raviné, bouche serrée par l'autosatisfaction, des plis d'amertume de part et d'autre de sa bouche, signes d'une rancune qui bien que très ancienne n'avait pas faibli avec les années.

Elle ne les voyait pas ces habitants du village, ne les entendait pas.

Même du temps de sa jeunesse, elle ignorait ces donneurs de leçon et ces professeurs de bonne conduite qui commentaient constamment la vie des autres et alimentaient les rumeurs les plus folles.

Elle était la seule du groupe à avoir une connaissance totale du terrain, la seule à économiser ses forces.

Le dépassement permanent de soi, elle connaissait. À ce niveau d'altitude, on se sait isolé du monde et on ne peut compter que sur soi-même.

Arrivés à un croisement de ruelles, ils marquèrent l'arrêt, s'étant assurés au préalable qu'aucune présence discourtoise ne gênerait cette courte pause.

Ils étaient tous essoufflés, peu accoutumés à ce taux réduit d'oxygène.

Ils avaient le mal aigu des montagnes.

Ce reportage différait en tous points de ceux qu'ils avaient l'habitude de faire avec d'autres personnalités célèbres.

L'altitude extrême et l'hostilité étaient une première pour eux, ils n'avaient jamais connu jusque-là pareilles conditions de tournage.

Empruntant tous cette même ruelle montant à pic sur la montagne, ils s'étaient obligés à ventiler davantage au fil de l'ascension.

Elle les regardait s'époumoner.

Le cameraman, lesté d'une charge supplémentaire, avait une respiration sifflante et un visage grimaçant.

On lui donna à boire et on s'accroupit autour de lui pour le rassurer.

Elle resta debout, observa les alentours à la recherche d'un repère visuel.

Elle semblait troublée de ne pas retrouver cette fontaine située non loin de sa maison d'enfance. L'eau fraîche portée à son visage et à ses mains marquait le début de ses journées si matinales.

À la place, elle retrouva un pilastre d'angle et une Vierge à l'enfant polychrome. La cire de vieux cierges avait coulé depuis des décennies à l'instar de l'eau fraîche d'autrefois.

Elle ne chercha pas à s'asseoir, trop insatiable, trop avide, ses cinq sens perturbés par tant d'informations à la fois.

Son âge, soixante-dix ans pour certains, soixante-treize pour d'autres, passait inaperçu.

Ses poumons s'accommodèrent très vite de ce déficit d'oxygène, sa fréquence cardiaque se remit au diapason de son milieu naturel.

Sa maigreur lui donnait un air de jeune fille, ses cheveux noirs sans l'ombre d'un fil argenté, tache sombre dans ce village de pierres crayeuses.

Son village natal, elle l'avait reconstitué mille fois dans sa tête, avait même griffonné son plan sur des centaines de feuilles. Elles finissaient toujours froissées dans une corbeille ou déchirées en quatre.

Ce simple exercice de mémoire la plongeait inlassablement dans cette même frustration. Ces cartes mentales reproduisant pourtant à l'identique le réseau de rues, de places et de bâtiments finissaient toujours en impasse, en cul-de-sac.

Le volume manquait cruellement à ses plans, mais aussi l'odeur de pain, le son des cloches, le parfum d'olive et de laurier du linge séchant au soleil ou les relents tenaces de bois brûlé ou de radiateurs électriques mordant la poussière au début de l'hiver.

Elle ne bouge plus, elle est livide.

L'équipe a même observé qu'elle avait légèrement reculé.

Quelque chose se passe sous leurs yeux et ils n'avaient pas prévu pareille émotion.

Elle contourne les abords d'une maison, trébuche sur les pavés disjoints sans jamais tomber. Et surtout, elle a posé sa main sur sa bouche comme pour signifier que les mots lui manquent pour exprimer le mystère de ses origines.

Et bien que l'écriture soit une deuxième peau, son septième organe vital, son oxygène et son eau, elle reste muette devant cette bâtisse vétuste et délabrée. À cette minute, elle n'est rien d'autre qu'elle-même, une vie impuissante et inerte ayant eu l'illusion de croire aux possibles.

Cette maison humble est un visage de pierres grossièrement taillées.

Trois arcades traditionnelles à l'étage supérieur et un escalier extérieur lui confèrent les traits sommaires d'une vieille dame.

L'asphalte a recouvert l'ancienne boue, asséché la route en dénivelé. La parcelle en pente rogne la joue de cette figure laissée à l'abandon.

La toiture lui semble moins rouge, noircie par les eaux de pluie, la neige et l'ensoleillement.

Elle est aimantée par cette vieille bâtisse, happée par l'escalier qui tient à peine, certains barreaux en fer manquant à l'appel.

Ils ont hissé la caméra sur l'épaule, le micro à la perche, pour capturer ce moment qu'il serait inutile d'interrompre avec des questions.

La parole violerait la puissance du recueillement.

Elle agrippe le poteau de départ, prend une profonde respiration au moment de gravir les marches érodées par tant de passages.

Elle monte comme guidée par une force supérieure, sans élan et sans fougue.

Autrefois, elle les escaladait en courant, groupant les marches par trois.

Le garde-corps en fer forgé à l'ancienne remue sous ses mains moites.

Arrivée à la septième marche, elle s'assoit, intercale sans difficulté ses deux jambes entre les barreaux et y pose son visage. Sensation de froid sur ses tempes et pommettes.

Elle ferme les yeux, renoue avec l'immobilité.

Petite, installée à ce même poste, elle tentait de se soustraire au temps, persuadée qu'elle finissait par devenir invisible. Les deux mains amarrées dans une stricte symétrie, le visage fixé entre deux bordures, elle épiait la vie sans y prendre part.

Cela pouvait durer des heures entières, l'agitation villageoise ordinaire lui semblait extraordinaire.

Ce décrochage quotidien est à l'origine de l'écriture.

Entre deux marches et deux jambages métalliques, les pieds à l'aplomb du vide, elle avait soudainement compris qu'observer, c'était d'une certaine façon déjà écrire, déjà raconter.

À cheval entre deux marches, elle avait découvert qu'on pouvait dominer le monde rien que par les yeux.

La description était une suite logique, une gravure en creux, un tirage instantané de la condition humaine.

Plus leurs vies étaient minuscules, plus l'ascendance était grande.

Du haut de son escalier, âgée d'à peine dix ans, surplombant la place située au chevet de l'église, elle se persuada qu'on ne la voyait plus, que sa silhouette se confondait avec cette rampe raide, que sa peau fusionnait avec l'appareillage de grosses pierres et que ses bras fléchis étaient du même métal que la rampe.

Elle apprit à ne plus gesticuler, convaincue qu'un seul mouvement ruinerait l'exercice.

Les narrateurs sont étrangement invisibles.

Omniscients, omniprésents et omnivores, ils maîtrisent comme personne l'art de passer inaperçus sans jamais se faire démasquer.

Les reproches de sa mère mettaient toujours un terme à l'échappée.

Son balai charriant les poussières domestiques hors de l'unique pièce de vie la ramenait brutalement à la réalité.

L'écriture contemplative s'échouait au milieu d'une ligne sans ponctuation, sans majuscule et sans point.

Les marches restaient toujours tièdes au contact de sa peau.

Elle dégourdissait ses jambes et ses poignets et c'est elle, ensuite, qui se chargeait de vider le seau d'eau bouillante et de savon noir sur la volée descendante.

L'eau fumante devenait glacée en quelques secondes.

Elle perdait en quelques brassées d'eau des paragraphes entiers d'une écriture sans mémoire.

Seules quelques flaques stagnantes lui rappelaient qu'on ne déloge pas si vite les belles histoires.

Selon la saison, ces petites nappes d'eau finissaient en gel ou absorbées par le soleil. Cela dépendait de la température et du talent qu'elle y avait mis.

Ouvrir les yeux la ramène cinquante ans plus tard.

Ils se sont approchés, ont repéré sa tanière.

L'équipe qui l'accompagne est en déroute, semble prisonnière d'une marée humaine. Ils voudraient s'échapper mais on les presse contre la vieille bâtisse.

Elle qui se pensait jusque-là invisible est désormais un point de mire, une cible ostentatoire.

Elle savait bien que revenir ici n'était pas une bonne idée, qu'elle n'était plus la bienvenue parmi les siens, mais elle avait tablé sur le renouvellement des générations pour échapper à cette animosité.

C'était sous-estimer la longévité des hommes et femmes de montagne.

En altitude, les cœurs sont inusables sans compter que leur opiniâtreté est sans égale.

Ici, les plus vulnérables n'ont pas leur place. Ils ont quitté cette cime il y a bien longtemps. Elle en est d'ailleurs l'exemple parfait.

Ce village doit tout à son prophète[1]. L'écrivain mystique était trop attaché au mystère sacré de cette montagne, la première, disait-il, à être éclairée par le soleil de l'aube.

Son cercueil en bois de cèdre avait quitté le nouveau monde pour retrouver son village natal, escorté par la foule.

Après avoir été transporté en grande pompe de village en village, il avait fini chez lui.

Les cloches avaient sonné avec fierté la journée entière sans s'interrompre.

Elle avait grandi dans l'ombre du poète, traquant l'immortel dans la forêt, les vergers, les détours de torrents et les portes sombres.

---

1. Gibran Khalil Gibran (1883-1931).

Tout lui faisait penser à lui.

Sa tristesse visible dans la sève fraîche et coagulante, sa colère dans les broussailles turbulentes.

Cette large brèche terrestre était son lit, ses épaules et ses rotules pétrifiées dans la roche humide et mousseuse.

Elle imaginait ses yeux posés sur elle quand il lui chuchotait ses mots puissants.

Il baisait sa main à l'approche de l'aube.

Elle flairait son haleine de tabac et de cardamome dans la vieille sacristie.

Une fois, elle vit même son ombre et ses ailes brisées.

Fermer les yeux dans la brume le lui rendait encore plus visible. Il revenait davantage aux saisons des tempêtes quand le vent impétueux hurlait à travers les étroites ruelles du village.

Elle était la seule à entendre sa voix envoûtante.

Pour elle, il ne reposait pas dans un cercueil en bois de cèdre, il ne s'était pas contenté du caveau aménagé dans ce vieux couvent accroché à la falaise.

Il était devenu le paysage entier.

Il était partout, les bras en croix, glissant d'un flanc à l'autre sans jamais trébucher.

Pour une âme comme la sienne, pas de reliefs ni d'obstacles.

Point de barrières infranchissables.

Sa tête atteignait la forêt des cèdres, le trône de Dieu.

Il lui révéla que les grottes renvoyaient l'écho des marées et que les genévriers étaient les seules essences ainsi que les cèdres à voir Jésus, le fils de Dieu.

Sa propension à l'affabulation, elle la tenait de lui.

Le goût de la contemplation et la solitude mélancolique, de lui aussi.

Ici, toute chose meurt pour revivre, l'altitude inverse les lois de l'univers.

Les jours des morts y sont des jours de naissance.

Ici, on meurt dans la maison où l'on est né : dernier soupir et premier cri s'enlacent dans un même son.

C'est un village où il n'est pas rare de confondre fossoyeurs et sages-femmes.

Elle avait fini par penser comme lui, apprivoisant les paradoxes et les antithèses.

À cette altitude, pas d'idées préconçues, les choses ne sont jamais simples, on les pense ainsi mais elles peuvent basculer dans leur exact contraire.

Dans ce village où ascension et vide cohabitent, la vérité est atteinte quand plus rien n'est contradictoire.

Le grand ravin formant abîme n'est-il pas après tout une montagne inversée ?

Montagne et vallée sont ici issues d'un même moule, toute dualité finit par former une unité indestructible.

Habiter ce village, c'est aussi apprendre à côtoyer la folie des hommes.

Un vieux cousin avait été approché par le diable en personne un soir de printemps.

Il profana la sépulture du prophète.

Sa mère disait que ses mains n'obéissaient plus à son cerveau.

Il avait criblé les murs déjà rongés par l'humidité, disjoint le couvercle du cercueil à l'aide d'une barre de fer.

Il avait mis feu à la dépouille du prophète, les yeux grands ouverts, fasciné par ce qui restait de lui.

L'air pauvre en oxygène de cette grotte creusée à même le roc n'avait pas découragé l'intensité des flammes.

Le départ du feu fut certes timide, le bois de cèdre ne se laissant pas si aisément calciner.

On retrouva « le fou du bourg », les yeux rougis par la fumée, accroupi dans un angle du monastère.

Il criait encore sa haine du prophète, sa fureur ne l'ayant pas assez soulagé.

Placé dans un asile jusqu'à la fin de sa vie, il ne cessa de dire que cet homme n'avait rien d'un saint et qu'il avait reçu l'ordre du Très-Haut de détruire les fausses idoles qui aveuglaient les habitants ignorants du village.

Quand il mourut, personne ne se déplaça pour ses funérailles. Il ne méritait pas nos adieux.

Il avait commis l'irréparable, avait violé la mémoire de notre unique gardien.

Elle avait souvent imaginé le corps calciné du prophète.

Son corps opaque hanta longtemps son esprit.

Par la suite, on mura le caveau.

Il n'y eut plus de fanatique, le feu n'approcha plus sa dernière demeure.

Omniprésent dans son esprit, le poète s'était substitué à Dieu en personne.

C'était vers lui que ses prières étaient tournées et c'était à lui désormais qu'elle demandait miséricorde.

Il était l'être supérieur et elle avait bu dans sa coupe.

L'idée que ce village austère et reculé ait enfanté un être si exceptionnel porta ses fruits.

Avec les années, elle se réclamerait de cette même descendance.

Elle était de cette même lignée, de cette même souche.

Le testament du prophète laissa sur elle des empreintes indélébiles, un surcroît d'espoir et cette croyance ancrée qu'elle avait comme lui vocation à se distinguer des autres

Cette grande estime germait. Elle portait une promesse, le serment d'une gloire future.

Elle était la seule à le savoir, dissimulant cette foi grandissante aux yeux de tous.

Personne ne devait s'en douter, cette histoire intérieure ne concernait qu'elle et le prophète.

Ce village ne lui suffirait donc pas, elle avait préparé son exil en silence, avait élaboré son départ.

Elle était déjà en exil avant de quitter sa montagne et avait déjà planifié son retour.

Tout était écrit avant d'avoir été vécu, elle avait réglé son destin sur celui du prophète.

Personne ne l'avait prévenue que pour revenir en grandes pompes, mieux vaut ne pas revenir vivante.

Les habitants de ce village maudissent les exilés mais adorent leur dépouille.

Les doyens du village avaient été informés qu'un reportage allait être tourné en l'honneur de cette romancière célèbre.

Toute publicité était bonne à prendre. La cité, trop éloignée des côtes, serait mise à l'honneur, ces lieux enfin éclairés d'une nouvelle lumière.

Ils avaient préparé leur coup, anticipé sa venue, calculé les moindres détails de ce retour. Ils étaient une vingtaine d'hommes et de femmes d'un âge très avancé mais capables de tout pour soulager leur dignité salie sur papier.

Leur devise, ce jour-là, était de ne rien laisser au hasard et de ne manquer pour rien au monde cette occasion qui leur était offerte de restaurer leur honneur.

Ils n'en revenaient pas qu'elle ose réapparaître après tant d'années, un cran inaltérable conforme à leur souvenir.

Même âgée, elle restait effrontée.

Ils avaient compris, bien malgré eux, que la littérature était une arme de destruction massive et considéraient qu'ils en avaient payé le prix fort.

Sa célébrité, elle la devait avant tout à son acharnement à les détruire.

Elle avait sali leurs noms, leurs familles dans plus d'une vingtaine de romans, sur les ondes et dans d'innombrables articles de presse qu'ils avaient pris la peine de découper, dossier compilé rivalisant avec les meilleurs « press-books ».

Ils s'étaient retrouvés dans ses ouvrages, elle n'avait pas daigné modifier leurs noms ou professions. Ils s'étaient reconnus facilement dans ces pages noircies où leur réputation avait été plongée dans la honte.

Elle n'avait brouillé aucune piste, n'avait laissé aucune ambiguïté.

Et bien que ses romans aient toujours été précédés de la mention :

> Ceci est une œuvre de fiction. Les personnages ou les situations décrits dans ce livre sont purement imaginaires : toute ressemblance avec des personnages ou des événements existant ou ayant existé ne serait que coïncidence.

Cette vigilance était perçue comme provocation supplémentaire.

Toute son œuvre était une description féroce de la vie villageoise, de ses commérages, de ses rumeurs et médisances.

Les bavardages nauséabonds ponctuaient chacun de ses textes, elle s'était fait un point d'honneur à les restituer avec le plus de fidélité possible. Dans leur jargon d'origine avec index en bas de page pour en saisir le sens.

C'est que leur langage était reculé et d'un autre temps, plus d'usage, avarié, comme on le dirait d'une vieille carcasse. Son œuvre entière aurait pu se résumer ainsi :

Quand la haine forge les liens.

Ses fictions gravitaient inlassablement dans ces lieux, ruminant le même drame jamais digéré.

Elle avait, telle une dentelière, dénoué ce phénomène si récurrent des sociétés primitives, si chrétiennes en apparence et si licencieuses au fond.

Aller à l'église tous les dimanches dans son plus beau costume n'empêchait pas de faire courir les pires bruits.

L'eau bénite humectée sur leur front leur donnait bonne conscience, la conviction d'œuvrer pour le bien de la communauté en toute moralité.

Se signer d'une croix à l'entrée et à la sortie de l'édifice n'excluait pas de jeter des propos injustes et infondés sans jamais vérifier leur véracité.

Enfin, se prosterner une dernière fois face au Christ avant de quitter les lieux leur dictait la responsabilité de contrôler les plus jeunes, les plus aptes selon eux à transgresser les règles de bonne conduite.

Son roman phare, celui qui l'avait conduite au succès, s'intitulait *Mar* en souvenir d'une jeune fille qui avait été leur victime.

Cible d'une rumeur, elle n'avait eu à l'époque aucune arme pour se défendre.

Dans un village tel que celui-là, on ne fait ni trop de bruit, ni trop de vagues pour ne pas perturber le système, cet « ordre ancien » qu'elle n'avait eu de cesse de dénoncer.

Cette autorité morale, cette tutelle scélérate se tenaient là, à nouveau, cinquante ans plus tard sous ses yeux.

Deux cercles concentriques ceinturant sa maison d'enfance, poussant et bousculant cameraman, preneur de son et réalisatrice. Ces derniers criaient et tentaient de s'extraire tout en l'implorant de faire quelque chose.

Elle les regardait s'agiter du haut de sa rampe sans bouger.

Ses yeux disaient :

> Laissez-les partir, ils n'ont rien à voir avec toute cette histoire.
>
> C'est moi que vous cherchiez.
>
> Je suis là, je suis vôtre.

Ils partirent en courant et se retournèrent à plusieurs reprises pour la voir.

La caméra tournait encore, filmant et trébuchant, les plans coupés d'une femme âgée étrangement assise sur deux marches d'escalier, ses mollets à l'aplomb du vide, ses deux mains agrippées aux barreaux de fer comme une prisonnière derrière sa cage.

Une armée de vieux et de vieilles en contrebas de ses deux escarpins rouges.

La pellicule renferme encore leurs pas foulant follement les pavés dans une course désordonnée, un air de fanfare d'Europe centrale un peu déglinguée en fond sonore.

Des herbes folles avaient repris leur droit, plus folles et plus hautes encore, avec des fleurs même aux jointures des pierres.

Qui aurait cru que des fleurs puissent pousser dans une si mince rainure ?

Toute sa vie, elle avait écrit sur le même thème, paraphrasé, diraient certains.

Elle se plaisait à dire qu'elle n'avait eu au final qu'une seule et même histoire à raconter.

Une obsession qu'elle croyait satisfaite à chaque fois qu'elle inscrivait le mot « fin » au terme d'un ouvrage, mais qui germait à nouveau en elle après quelques mois d'illusions.

Ce village a toujours été le point de départ, le premier ancrage de ce territoire de fiction.

Ses textes étaient très différents les uns des autres, malgré leur thématique commune. Amplification et délayage en variaient toujours le sens, rappelaient sous une autre forme le souvenir de ce lieu fondateur qui la plongeait selon l'humeur dans l'extase ou la torture.

Elle avait bien essayé d'écrire autre chose, avait même échafaudé plusieurs idées qui tenaient à priori la route et qui ne demandaient qu'à voir le jour mais elle revenait toujours à sa montagne, comme assignée à perpétuité dans un même cachot.

Des images la hantaient encore et elle en était la seule dépositaire.

Face à la feuille blanche, elle revisitait à heures fixes les jours de fonte des neiges où l'eau ruisselait des toitures, des fenêtres et des chambranles formant d'innombrables ruisseaux miniatures telles des filières clandestines sur les trottoirs, les talus et les chaussées.

Les gouttes dégoulinantes berçaient les lieux d'une musique minimaliste.

Elle avait toujours froid quand elle se mettait à écrire, grelottant malgré la chaleur douillette de son appartement.

Elle se frottait les mains pour les réchauffer entre deux chapitres et empilait chaussettes et châles de laine à l'instar des vieilles couturières du village qui portaient des mitaines malgré le poêle à bois.

Sa cheminée, son feu à elle, c'était l'écriture.

Le crissement du crayon sur la feuille restituait tout : les vents de terre continentaux, les torrents dévalant les pentes, les pins pignons, les mûriers, les figuiers, les oliviers mais aussi les ravins assassins.

Elle replaçait au gré de son imagination ces groupes d'hommes et de femmes, guère plus d'une vingtaine de familles installées là depuis plusieurs siècles.

Les patronymes de cette caste émaillaient ses pages. Les doter de lettres majuscules la répugnait.

Décrire ce monde clos revenait à ne jamais les oublier, ils se retrouvaient constamment aux mêmes postes : au moulin, à la fontaine, au four ou au pressoir, au champ aussi.

Elle y dressait sa tente le temps d'écrire un chapitre.

Le déracinement n'avait rien gommé, elle se plaisait à dire que l'imagination valait ubiquité avec un supplément d'acuité.

Écrire sur eux répondait aux principes de la loi du Talion, ajustée à sa vocation.

La violence, elle ne pouvait la répliquer qu'au moyen des mots.

Écrire, c'était les tuer d'une autre mort, une équivalence qui compensait sa douleur, une réciprocité à la barbarie.

L'encre et le papier la dédommageaient, mais sans le succès à la clé, ils ne rendraient pas justice.

Sa célébrité était un enjeu de poids pour que l'encre tourne au sang : un meurtre sans exécution, sans condamnation.

La gloire et la notoriété, elle les tirait de son opiniâtreté naturelle. Les sommets, elle connaissait.

Elle répète en boucle cette formule, la chuchote pour exorciser sa peur.

Elle en détache les syllabes, les accentue pour se donner du cran :

> Mais si malheur arrive, tu paieras vie pour vie, œil pour œil, dent pour dent, main pour main, pied pour pied, brûlure pour brûlure, meurtrissure pour meurtrissure.

Ils l'encerclent et la hissent hors de l'escalier.

Elle se laisse faire, happée par ce mouvement de foule. L'âge ne leur a pas ôté la force.

Ses escarpins rouges sont tombés, l'un gît à terre, l'autre repose sur la bordure d'une marche, preuves d'une embuscade flagrante.

Cette histoire prend fin après tant d'années passées à la fuir.

L'exil et la fiction ont trop longtemps retardé cette confrontation qui sonne comme une délivrance.

Elle est poussée, bousculée dans sa propre maison. Elle avait pourtant promis à sa mère qu'elle n'y reviendrait que mariée. C'était une promesse qu'elle lui avait faite et qu'elle n'a pas tenue.

Elle est assise de force dans cet espace qui faisait fonction autrefois de salon, chambre à coucher, salle à manger et cuisine.

Ses mains sont ligotées, ses pieds aussi.

Elle a juste eu le temps de voir les coussins remplis de paille sur le banc, ceux que sa mère rembourrait à chaque printemps, et le coffre en bois qui renfermait ses plus belles nappes et ses plus beaux draps.

Le reste est flou, elle ne sent plus ses jambes, ses bras sont contraints derrière le dossier de cette vieille chaise cannée.

Elle a baissé la tête, a renoué avec l'obéissance de son enfance.

L'équipe de tournage est restée dans les environs. Ils ont quitté ces vieillards déments et se sont rendus au bord du grand canyon.

Ce règlement de comptes si inattendu les a désarçonnés mais pas découragés. Ils reviendront au village pour la retrouver et continuer ce pour quoi ils sont venus. Ils n'en démordent pas.

La réalisatrice se concentre sur cet autre personnage de l'histoire : la géographie des lieux.

La caméra tourne et filme cette vallée, curiosité géologique formée de flancs de falaises et de quantité de précipices. La majesté du site leur coupe un temps la respiration.

Une fiche à la main, la réalisatrice s'attelle à la tâche.

Une voix off « hors champ » décrit cette créature toute de pierres vêtue. Les notes délicates d'un oud traditionnel escorteront ses mots au montage.

La réalisatrice est dotée d'une belle voix, teintée d'un léger accent :

> Ce paysage n'est pas simplement une forme ou un cadre dans son œuvre, mais son fond, sa force.
>
> Au fond de la vallée, les flots du fleuve brisent le silence.
>
> Ici, vingt-neuf cavités ou grottes quasi inaccessibles ont servi d'abris aux ascètes et aux ermites en quête de recueillement et de spiritualité.
>
> Elle-même s'y refugiera à l'adolescence fuyant l'adversité.
>
> Ces pentes escarpées formant remparts naturels sont omniprésentes dans l'œuvre de l'auteur tout comme la forêt des cèdres de Dieu qu'elle débaptisera à plusieurs reprises dans ses romans la forêt du diable.

Mar[1], paru en 1985, revient à maintes reprises sur ce décor naturel, ce mystère qu'elle ne parviendra jamais à élucider :

> Je ne sais pas et ne saurai jamais si ce lieu est ami.
>
> La pierre escarpée de la vallée et l'écorce lisse et luisante des cèdres me consolent et me mortifient, me revigorent et me minent.
>
> Il y a des forces cachées dans cette vallée, la nature y multiplie sans cesse ses apparences.
>
> Dès mon plus jeune âge, elle m'a parlé avec ses mots, son alphabet de buissons et de baies, de cônes et d'épines.
>
> J'ai déchiffré ses crêtes, lu sa tristesse dans ses arbres morts.
>
> Je connais tout d'elle, et elle de moi.
>
> J'y ai délimité mon territoire, emprunté ses points les plus infranchissables, ses passages en pente raide, ses corniches à pic.
>
> Le corridor des cèdres n'a plus aucun secret pour moi, j'y ai mêlé mon sang à leur sève.

1. « Seigneur » en araméen.

Je me suis unie à elle et me suis comprise en elle.

Vivre dans ses boyaux fut une noce. Je fis partie d'elle.

J'ai logé dans une de ses grottes plusieurs jours, plusieurs nuits.

Parmi les vingt-neuf cavités de la vallée, elle me réserva la plus belle.

Mon souffle, brume chaude dans le vent froid.

Un bassin d'eau pure à portée de main éclairait mes nuits, des murs soyeux comme drapés de tentures, et d'immenses cierges gravés dans la roche offrirent à ce séjour des allures palatiales.

J'avais découvert de vieilles inscriptions chrétiennes gravées par des ascètes, je fis la mienne sur une des parois suintantes.

La nuit, le puissant cours d'eau au fond de l'encaissement berçait mon sommeil. Le fleuve grondait au fond de la vallée, me signifiant que j'étais en sécurité.

Cette grotte, c'était l'anatomie intérieure de la vallée, le visage à découvert de cet immense corps rocheux.

Quitter cet endroit fut aussi douloureux que quitter les miens.

Vivre loin d'elle m'emporta loin de moi. Je l'ai fuie et me suis fuie.

La voix s'est arrêtée. La caméra se concentre désormais sur les flans de cette grande brèche à la recherche de trouées sombres.

Les accès aux grottes sont désormais indiqués par des panneaux, une signalétique altérant lourdement les lieux.

Une longue chanson d'Oum Kalthoum en trame de fond.

À l'époque, ces entrées n'étaient connues que par les paysans natifs de la région.

Aujourd'hui, les déchets jonchent les routes, ceux laissés par ces prétendus pèlerins qui cherchent avec avidité le restaurant surplombant la vallée.

Une musique de variété arabe y résonne et couvre le bruit du vent, le clapotis des torrents qui se tarissent, le hurlement silencieux des cèdres en souffrance.

Elle a gardé de leurs visages un souvenir intact. Les années n'ont pas dilué sa mémoire.

Enfant, elle avait fait ses premières armes en examinant la physionomie de ces villageois robustes, actifs et persévérants, vivant « à la dure ».

Les traits disgracieux et asymétriques la fascinaient.

Il y a des personnes desquelles on ne peut détacher son regard.

Elle n'a jamais pu expliquer sa curiosité pour les gens ordinaires.

Ils sont tout autour d'elle, ont des regards flétris, des dos voûtés, des silhouettes épaisses, des cheveux clairsemés, de rares dents, mais elle les reconnaît tous sans exception.

On n'oublie pas les visages de son enfance, un seul balayage du regard suffit à les identifier.

Chaque face est un relief incrusté, un modelé que les années ont creusé davantage.

Leurs mâchoires se sont reculées à force de calomnier. Leurs lèvres se sont scellées à force de conspirer.

Leur bestialité a tassé leurs fronts, enfoncé leurs orbites, enfoui leurs pommettes. Leur joues creuses sont cireuses comme celles de pendus détachés de leur potence.

Ils ont les traits d'excommuniés avalant sans pudeur le corps et le sang du Christ chaque dimanche.

Autrefois, elle les croisait dans les ruelles étroites du village, où fourmillaient les bêtes et les gens.

Aujourd'hui, ils forment un seul et même troupeau d'un bétail sans âge.

Ils sont assis sur le long divan, scrutent en silence cette « pillarde » comme ils l'appellent.

Les hommes ont un chapelet en main qu'ils égrainent non pas pour prier mais pour calmer leur impatience. Le rosaire en bois d'olivier est lustré tant index et pouce s'appliquent à le polir depuis des décennies.

En silence, ils l'observent, l'intimident.

Elle soutient leurs regards, lève le menton et les fixe à son tour. Ses mains et ses pieds s'engourdissent. Maudit fourmillement qu'elle a depuis l'enfance et qui la paralysait au point de ne plus marcher droit ou de n'avoir plus aucune force dans les mains.

Les picotements la désertaient après quelques mouvements, ses membres revenaient à la vie après avoir été amputés d'elle.

Elle a trop pris de liberté avec eux, s'est emparée de leur existence sans leur autorisation.

Elle a enfreint le code coutumier du village.

Ils se lèvent un par un et l'assomment de sermons, on ne lui donne pas la possibilité de répondre. Cinquante ans qu'elle complote contre eux, qu'elle les poignarde dans chacun de ses romans.

Aujourd'hui, elle n'a pas voix au chapitre.

Elle doit subir ces vieux démons atteints de rhumatismes et de courbatures.

La pièce est remplie de leurs haleines fétides et les commissures de leurs lèvres sont chargées d'écume stagnante.

Ils brandissent des arguments archaïques, d'environnement ancestral, d'attachement viscéral à la terre et de respect à l'égard des anciens.

Le piège se referme sur elle.

Les bons souvenirs d'antan de ce village longtemps idéalisé n'ont pas leur place dans ce procès sommaire.

Ici, il est question de haute trahison, de déloyauté.

Si l'État n'avait pas interdit toute vendetta ou dette de sang, elle serait déjà morte sur cette modeste chaise bancale.

Elle est face à une république de bourreaux qui demandent réparation du préjudice subi.

Ils exigent un mea culpa ou elle ne sortira pas vivante de cet endroit.

Ils ont tous lu ses livres, sont capables de citer tel ou tel personnage dans chacun d'eux ou d'énumérer les nombreux mensonges émaillant des centaines de chapitres.

Le plus scandaleux, c'est qu'elle ne s'est même pas donné la peine de retirer leur nom de famille s'octroyant le droit de salir la réputation d'une lignée entière.

Elle s'est invitée sans leur consentement à les dépeindre sous leur plus mauvais jour. Elle les a désossés, disséqués.

Le plus vieux d'entre eux ajoute que les mots font plus mal qu'une gorge tranchée ou qu'un coup porté à la poitrine.

Ils acquiescent et reviennent à la charge.

Son imagination débordante a fait d'eux de véritables monstres. Elle qui n'a jamais cessé d'être à leurs yeux la pire espèce de vampire. Nul pieu, crucifix ou ail pour contrer ce prédateur de lettres.

Les anciennes interrompent les voix masculines et vocifèrent en la regardant fixement qu'elles n'ont jamais manqué de générosité ni d'assistance envers les autres femmes du village et qu'elles n'ont jamais, ô grand jamais, diffamé ni incriminé qui que ce soit. Leurs voix s'étiolent dans un sanglot car elles estiment que leur vie entière n'a été qu'une longue liste de sacrifices et d'abnégations.

Vivre en bas, au même niveau que la mer, lui a ôté sa droiture, sa moralité.

Les gens du bas parlent trop à défaut de travailler le sol.

Pour les gens d'ici, nul doute que la géographie façonne les êtres humains. Elle est désormais urbaine et impie.

En haut, on ne vit qu'une journée à la fois tant le labeur les accable, en bas, on s'empare de la vie des autres pour tuer l'ennui.

Elle rit intérieurement de leur naïveté et réalise que la civilisation s'est arrêtée au pied des montagnes.

Elle les retrouve tels qu'elle les a laissés, avec la même vision de la vie et les mêmes proverbes.

Ils ne cessent de la dévisager, les femmes regardent ses mains sans usure, ses rides fines et peu profondes, ses vêtements ajustés et ses cheveux noirs sans l'ombre d'un fil blanc. Elle n'a pas changé malgré les années alors que la rudesse de leur vie les a transformés en créatures identiques.

Ils ont vidé leur sac et lui préparent un rituel local.

Une pile de ses livres est visible sur la table. Leur mauvais état lui fait dire qu'ils sont passés de main en main, un exemplaire unique pour un prêt multiple.

Une chaîne de lecture si improbable dans un village où l'on n'a coutume de lire que son missel avant le coucher.

Accroupis, deux hommes préparent un feu dans la cheminée, deux grosses bûches et du petit bois avec le peu de souffle qui reste dans leurs poumons.

Le départ du feu produit une fumée refoulée dans la pièce, des années que cette cheminée ne tirait plus.

Elle se retient de tousser.

La chaleur réchauffe ses pieds déchaussés depuis qu'elle a perdu ses escarpins rouges.

Ils ne la regardent plus et fixent tous le feu, comme s'il était la solution à tous leurs problèmes.

La suite, elle la connaît par cœur, ils passeront un par un devant elle, saisissant chacun à leur tour un livre de la haute pile instable.

Ils jetteront ensuite dans ce charnier de flammes l'ensemble de son œuvre, le papier fournissant un des meilleurs combustibles de la région après les branches sèches, écorces, copeaux et feuilles mortes.

Les plus zélés déchireront des pages sous ses yeux avant de propulser le reste du cadavre.

Ils purifient par le feu, immolent l'outrage subi, persuadés qu'il disparaîtra à jamais de leurs esprits.

Pour elle, c'est une torche humaine avec des craquements d'os ici et là qui la foudroient.

On l'oblige à regarder jusqu'au bout.

Des mains trapues agrippent son visage pour qu'elle ne perde pas une miette du spectacle.

La flambée endiablée redouble d'intensité à chaque roman catapulté.

Son histoire finira en monticules épars de cendres et de résidus calcinés.

À l'extérieur, le conduit de cheminée expulse une fumée noire et épaisse, propage une odeur de papier brûlé sur le village entier, le relent âcre d'une histoire douloureuse et inachevée.

Les femmes récupéreront la cendre pour leur lessive après l'avoir passée au tamis.

Ici, rien ne se perd, tout se transforme.

Elle a toujours été à l'aise avec les profondeurs, n'a jamais craint les sous-sols, ni même les ténèbres.

Petite, elle pouvait dresser à main levée une carte des nombreuses cavités, couloirs et passages secrets nichés dans la montagne.

Elle s'introduisait dans les alvéoles sans redouter les écoulements d'eau ni les éboulements de pierres.

Les hommes et femmes du village s'aventuraient peu dans ce bas monde, source de nombreuses légendes et superstitions.

L'antichambre de l'enfer était sous leurs pieds, leurs charrues, leurs champs, leurs vergers, raison pour laquelle ils avaient décidé d'édifier la plus haute cathédrale de la région.

Le sommet du clocher surplombant les vastes alentours conjurait selon eux les énergies cachées des souterrains.

Benjamine d'une fratrie de trois enfants, elle n'avait nullement besoin de l'assentiment de ses parents, ils la laissaient vagabonder à sa guise loin des terres arables.

Elle traquait les ouvertures, tâches sombres mouchetant les parois de cette longue gorge. Elle dégringolait sans trébucher, enlaçait les modelés à mains nues par petits bouts sans cordage et sans harnais.

Ses mains agrippaient des reliefs miniatures, ses pieds s'ajustaient aux escarpements naturels.

De profil, elle ne regardait jamais le vide sous ses pieds. Elle savait repérer les trouées prometteuses, celles déjà explorées par l'homme et d'autres jamais encore découvertes.

Des chutes de pierres la prenaient par surprise, elle se figeait, se confondant au mur, ignorait les éboulis. Le silence revenu, elle redressait la tête et traquait à nouveau les creux pour y loger ses doigts crochetés.

Un dernier saut chevronné la précipitait sur des simulacres de paliers guère plus profonds qu'une marche d'escalier.

Certaines cavités la décevaient, d'autres la comblaient.

La profondeur visible et invisible, elle la discernait en quelques secondes, la flairait même.

Les grottes profondes dégageaient une odeur métallique et ferrugineuse.

Les boyaux recélaient des décors fascinants, des stalagmites s'élevant depuis le plancher, créant un parterre de colonnes et de cloisons, des pendeloques en pointes, des rideaux aux pans inertes et pétrifiés.

La solitude des lieux la rassurait, elle, qui avait tant de mal à tisser des liens.

Ici, nul besoin d'échanger ou de décliner d'innombrables formules de salutation et de politesse.

On ne s'enquiert de la santé de personne dans ces lieux sombres.

Pour elle, les authentiques habitants du village étaient sans nul doute les chèvres.

Elles étaient les seules à s'être accommodées des pentes raides, à défier les reliefs accidentés. C'est en prenant exemple sur elles qu'elle avait appris à être agile sur les falaises et les chemins escarpés. C'est aussi grâce à elles qu'elle avait atteint ces prouesses d'équilibre.

Elle ne souffrait ni de vertige, ni d'étourdissement au bord du précipice.

L'absence de pâturages avait obligé les chèvres à s'alimenter ailleurs, dans des espaces peu accueillants, à l'affût de quelques brins d'herbe prisonniers de fissures rocheuses.

Elle les suivait comme de véritables compagnons d'escalade, observait leurs sabots fendus passer d'une corniche à l'autre ou leurs corps distendus quand elles cherchaient un nouveau point d'ancrage.

La concentration de ces bêtes lui faisait dire qu'elles étaient capables d'une qualité de réflexion et de précaution parfois supérieure à l'homme.

C'étaient elles qui l'avaient initiée. Agrippant leurs cornes dotées de multiples anneaux, elle suivait les plus audacieuses dans des passages étroits.

Seule, elle ne s'y serait jamais aventurée.

Des éboulis de pierres ou de véritables blocs entiers en bloquaient parfois l'accès.

Ces méandres lui faisaient parfois perdre de vue l'entrée principale.

Les chèvres montraient toujours la voie mais rebroussaient chemin dès que la lumière expirait.

Elle se disait qu'elle n'en viendrait jamais à bout, que ces passages traversaient la montagne comme des aiguilles à tricoter dans une pelote de laine.

Le découragement tournait à l'entêtement.

Dégager les amoncellements de pierres et les pyramides de cailloux repoussait les limites de ce territoire méconnu.

Elle s'égarait parfois, cherchant désespérément une lueur, une clarté sur les parois humides et brillantes mais le bêlement incessant des bêtes la ramenait toujours au seuil premier.

Il y avait en réalité plusieurs issues dans ce dédale qui lui paraissait insondable. Elle ne le savait pas encore mais cette découverte allait décloisonner son monde de manière irréversible.

La peur des premières trouvailles s'éclipsa et à force d'emprunter les mêmes trouées, rampante, accroupie ou légèrement voutée, elle se sentit de plus en plus acclimatée aux lieux.

Des empierrements lui indiquaient que des hommes, avant elle, avaient tenté de structurer l'espace. Des galets positionnés en cercle témoignaient de leur passage.

Des ascètes d'un autre temps avaient imprégné le sol, à genoux et en croix s'exerçant à la prière et adorant l'infini. Avec pour seuls compagnons la faim et la soif.

Elle les imaginait, l'espace d'un instant, côtes décharnées et visages émaciés, dents serrées et muscles contractés à l'intérieur de ces cailloux rangés en cercle que les chèvres avaient vite fait de déranger.

D'anciens bergers venaient aussi probablement mettre à couvert leur troupeau par temps de pluie ou d'orage.

Des restes de bois brûlé éparpillés par les rafales de vents stagnaient dans les angles.

Ces chèvres venaient là souvent, y avaient leurs habitudes.

Leur doyenne se couchait toujours sur la même surélévation surplombant les autres, gardant un œil sur les plus indisciplinées.

Quelques-unes s'affrontaient et se heurtaient. Le tintement de leurs cornes l'effrayait, leur querelle résonnait dans tout le labyrinthe.

La plus âgée et la plus expérimentée, celle dotée des plus longues cornes s'approchait et sa présence suffisait à les écarter.

C'est en les scrutant attentivement qu'elle comprit leur personnalité, elles étaient toutes éprises de liberté et difficiles à contenter, sans compter leur entêtement qui ne différait guère de celui des natifs du village.

Ces chèvres étaient à ses yeux bien plus que des mammifères herbivores.

Assise sur cette chaise, aux premières loges de ce feu, elle discerne dans les flammes étirées des chèvres tombant de la falaise, les unes après les autres, comme possédées.

Des sauts suivis et irréfléchis. La vallée avait avalé le dernier bêlement, le fleuve, couvert le fracas de leur chute.

Elle pleure de n'avoir pas pu les empêcher, elles s'étaient précipitées dans le vide comme sur un terrain plat. Le saut leur semblait une survie, une parade pour échapper à l'effroi.

Elles s'étaient suicidées par imitation.

Elle avait essayé d'arrêter cette course délirante mais leur volonté de sauter était plus forte que tout.

Ce jour-là, elle avait vu la mort en masse, des corps entassés gisant dans un bras du fleuve.

Un coup de feu l'avait surprise, suivi de chutes sourdes, régulières et renouvelées. Un silence de sidération figea la vallée, figea sa vie.

Des années qu'elle n'avait plus pleuré, elle rattrapait le temps perdu.

Ses mains ligotées l'empêchèrent d'essuyer ses larmes.

La chaleur brûlante du feu sécha instantanément ses joues.

L'équipe de tournage avance péniblement sur les sentiers longeant la vallée. Le terrain étroit les oblige à scruter chacun de leur pas. Regarder le paysage vertigineux n'est possible qu'à l'arrêt. Ils n'avaient jamais vu telle béance.

L'index pointé de la réalisatrice dirige la caméra vers le monastère construit à flanc de roche, un balcon au bord du gouffre adossé sur un versant déboisé.

Le vent souffle fort sur l'étroit parvis, résonne dans la loggia recouverte de peintures murales.

Le micro activé capture les mugissements sourds de la bourrasque.

Avant de regagner le village, ils se rendent sur les lieux phares de ses romans décrits comme des portraits, des emplacements aussi vigoureux que des personnages, aussi épais que des dialogues.

À l'ombre de l'édifice, à l'extérieur d'une chapelle, la réalisatrice continue ce pour quoi elle est venue.

Elle ouvre le même ouvrage au repère délimité par un de ses si nombreux marque-pages.

Il fait presque nuit tant la montagne leur fait de l'ombre.

Cette faille terrestre colle à ma peau.

Elle a imprimé mes pages d'une injonction permanente à la liberté.

Je n'ai su vivre qu'en traversant creux et reliefs, longue mélancolie et brève allégresse.

Je suis née dans cet univers si loin des plaines et des plateaux.

Je l'ignorais mais cet environnement était, dès l'origine, narratif et symbolique.

En ces lieux, les forces de la terre s'échauffent d'une énergie fondamentale et entraînent les hommes dans une apparente droiture nourrie de démence.

Ils se croient sages mais sont devenus fous.

Où se situe la frontière entre le civilisé et le sauvage ?

Les gorges profondes, d'apparence terrifiante, sont à bien des égards moins dangereuses que le village aménagé par les mortels.

Il y a ici autant de sanctuaires dédiés à Dieu que de péchés commis.

Les hommes ont pris la place de Dieu et croient discerner le bien du mal.

Ils ont fini par les confondre.

Ici, les enfants ne sont pas peureux, il leur faut monter et monter sans arrêt.

L'ascension est pénible, la descente aussi.

Les gens de là-haut vivent dans la menace constante de la barbarie.

Elle est à quelques lieues sous terre, non loin d'une longue brèche qui ne cicatrise jamais.

Le fleuve souvent somnolant peut sortir de son lit brutalement.

La crue envahit alors les rives, les lames d'eau s'amplifiant au rythme de nos peurs.

Il arrive que les grottes soient inondées, englouties.

Les nappes d'eau débordent et se bousculent alors dans d'invisibles détroits, poussant les pierres, révélant de nouveaux passages, de nouvelles ouvertures.

Après le passage de ces puissants torrents d'eau, nous découvrions une nature rebâtie, de nouveau vierge.

Après les jours de grande crue, nos mémoires étaient à marée basse.

Les clans oubliaient leurs griefs, leurs rancunes.

Paix éphémère car la nature ici invite constamment au crime.

Des notes espacées de oud se superposent aux derniers mots.

Le vent a cessé de souffler comme suspendu aux lèvres de cette femme.

Le monastère perché tel un nid d'aigle au sommet de la vallée semble abandonné, une congrégation fantôme qui a pris soin de cadenasser tous les accès, toutes les portes.

Pourtant, de lointaines prières sont audibles, un office de louanges que des rafales de vents dispersent vers les cimes.

Ces trois visiteurs d'un jour sont happés par le vaste paysage.

Ils ne se sont jamais sentis aussi petits, aussi minuscules.

Ce gigantesque amphithéâtre rocheux les oblige à un examen de conscience, ils revisitent leur vie, la décantent.

Cet endroit est plus puissant, plus grand que tout.

Ils n'avaient jamais, jusqu'alors, expérimenté aussi intensément leur propre insignifiance.

S'ils sont pris d'un malaise indicible, c'est que pour la première fois de leur existence, ils ont caressé l'émotion intense de n'être pas grand-chose sur cette terre.

Et étrangement, cela les a autant terrifiés que soulagés.

Grandir dans ce village, c'est apprendre à ne rien exiger de la vie alors que vivre en bas, vers les côtes, c'est vivre de promesses.

Elle a soif mais personne n'a l'idée de lui donner à boire. Ce geste pourrait être mal interprété. On ne lui veut pas du bien ici.

Les charbons ardents ont consumé ses dernières forces.

Elle est desséchée, tarie. L'épuisement lui a presque ôté ce désir de vengeance qui loge en elle depuis tant d'années.

Elle ferme les yeux, semble capituler.

Elle n'arrive plus à les discerner, c'est une galerie floue au point qu'ils finissent tous par arborer le même visage rugueux et écailleux, les mêmes traits affaissées, les mêmes poches sous les yeux.

Leurs pieds dotés de chaussures sans âge sont vissés au sol. Ils se traînent car ils ont peur de tomber. Leur équilibre altéré fait grincer leurs os, les hanches pour les femmes, les genoux pour les hommes.

Les braises craquent encore et lui rappellent la raison de sa présence.

Des voix l'arrachent à la torpeur, des chuchotements qui se veulent discrets mais qui ne le sont pas. Ils sont tous devenus sourds avec l'âge, ne savent plus murmurer ni lire sur les lèvres.

On attend quelqu'un.

Des pas lents enjambent l'escalier extérieur.

Il a marqué l'arrêt à mi-hauteur, à la sixième marche. Elle le sait, elle a compté.

Elle a tourné la tête vers la porte entrebâillée attendant d'y voir un visage. L'embrasure est longtemps restée vide jusqu'à cet œil posé sur elle fixement et sûrement.

Elle l'a reconnu et ne l'a plus lâché des yeux.

Elle ne voyait plus que lui, rétines accrochées à ses rétines, sang contre sang, le même qui coule dans leurs deux créatures.

Les vieillards se frottent les mains.

Leur tête pensante est restée dans l'ombre, a suivi l'affaire de loin sans jamais s'y frotter.

Le moment propice pour se montrer fut choisi en fonction de l'état de sa proie. Affaiblie, elle serait plus facile à intimider.

Il fait partie de cette espèce d'individus qui ne laissent rien au hasard.

La terreur chez lui n'est pas une pulsion, c'est une vocation.

Il a réussi l'exploit d'associer lâcheté et prestige.

Il utilise le regard comme langage, ses rares mouvements sont des mises en garde.

Cet instant a duré une éternité.

Pendant des années, elle n'avait eu de cesse d'exhumer ses souvenirs et d'y verser le mortier des mots en respectant le bon dosage de ciment, de sable et d'eau.

Elle avait pourtant recouvert d'une chape épaisse de béton ce personnage dressé devant elle : son propre frère.

Il a changé. Son visage s'est atrophié mais son regard est resté le même.

Il ne lui parle pas, mais sa mâchoire figée bouillonne d'insultes. Elle sait exactement ce qu'il ne lui dit pas.

Il est encore essoufflé par les quelques marches qu'il a montées.

Sa haine intérieure irradie, la sienne aussi.

Il regarde d'un air satisfait les braises incandescentes.

Elle imagine qu'il aurait voulu lui faire avaler ce tas de cendres blanches, ces reliquats d'un scandale qui a détruit sa vie.

Un long silence s'installe, sa bouche pâteuse scelle les mots. Ils seraient un pont, une offrande.

Elle ne peut rien lui donner, elle s'est verrouillée à sa vue.

Les vieux toussent autour d'eux pour tromper ce silence assourdissant.

Quel est le sujet interdit ?

Une chose qu'il serait malvenu d'évoquer, dangereuse pour les membres de la communauté.

Un sujet infect dans cette culture conditionnée par le pouvoir des forts et la soumission des faibles.

En parler serait aveu de puissance et il est le seul dans cette pièce à se considérer comme tel.

Il remet du bois dans la cheminée, cherche à diminuer à nouveau le reste de cendres. Il ne parviendra jamais à les réduire à néant.

Il restera toujours des traces.

Il sait que ce drame pigmentera à jamais le nom de son village natal.

Il marche autour d'elle, ébauche mentalement ce long discours qu'il rumine depuis des années. Ses complices l'observent, mâchoires cimentées par tant de non-dits.

Il a l'odeur des coupables qui se donnent raison, de tabac froid et d'eau de Cologne bon marché.

Il traîne les pieds, soupire dans son dos.

Elle a senti ses multiples tentatives de prise de parole, toutes bridées par son appréhension. Il a peaufiné ce réquisitoire si souvent qu'il connaît par cœur l'enchaînement précis de ce blâme.

Pourtant, il coince…

Il se positionne enfin devant elle, prêt à annoncer la couleur de ses mots.

Les vieux se redressent, leurs yeux s'écarquillent après tant de temps passé à attendre.

Avant même qu'il n'ouvre la bouche, elle l'observe et hurle le nom de sa sœur de sa voix sèche.

Elle aboie son nom car aucun autre mot ne pourrait mieux décrire la raison de sa présence.

Ce prénom signifie « rien » dans une autre langue, mais il est tout en ce jour précis.

— NADA.

Des bouquets fanés sont dispersés dans les niches votives du village.

Un ruban sale enveloppe les fleurs séchées effritées par le passage des saisons.

Ces chapelles miniatures ont été aménagées aux intersections des rues principales.

La statue de la Vierge, solidement encastrée à l'intérieur, protège les habitant des famines et des épidémies, et toise les habitants du matin au soir.

Les villageois se signent machinalement devant la reine du pays.

Aujourd'hui, le ciel est blanc et éclaire les maisons d'une lumière crue.

C'est que la vérité se fait jour.

Village étonnamment silencieux, même les vents s'amplifiant au pied de la montagne s'abstiennent. La forêt des cèdres semble plus discrète, moins majestueuse.

C'est qu'en ce jour, même les éléments naturels souhaitent le dénouement de cette histoire qui n'a que trop duré.

La Madone en personne semble avoir donné l'ordre à ses centaines d'effigies d'ouvrir un peu plus leurs paupières. Leurs cous aussi se sont redressés, elles semblent moins miséricordieuses.

Une seule cheminée expulse avec acharnement de la fumée.

Le foyer a disséminé une odeur de vieille meurtrissure dans les ruelles désertes.

Le paysage entier se résume à ce récit, un livre ployé de part et d'autre de cette brèche terrestre qui n'est rien d'autre qu'une reliure.

Nous sommes au dernier chapitre, il ne reste que quelques pages.

Ce livre tombera en fin de journée dans cet abîme, où coule un torrent trépignant d'impatience d'arroser ses pages.

Pour l'heure on ne sait pas si un vieux drame en appelle un autre.

L'altitude joue un rôle de ressort romanesque.

Ici, il n'y a pas de format narratif : on est sans cesse conduit à mélanger les genres.

Les codes rigides de l'honneur peuvent se terminer en scènes d'hilarité, les amitiés ancestrales en pugilats et les duels, en étreintes.

Elle ne sait pas comment se finira ce long chapitre.

La fiction ne peut plus rien pour elle. Elle en a trop abusé, elle a trop escroqué la réalité.

Les narrateurs sont désormais multiples et se sont émancipés de son filet.

Ils respirent l'air frais de la montagne à défaut du mince filet d'atmosphère si pauvre en oxygène qui sépare ses lignes.

Là, tout est différent.

Elle n'est plus maître du texte.

Elle n'a plus le pouvoir sur leurs vies.

Elle a perdu son influence, cette position confortable qui repousse toujours plus loin les bornes de sa liberté littéraire.

Ses personnages se sont débarrassés de son emprise, ils ont retrouvé leur anatomie après avoir trop longtemps été de simples caractères d'impression.

Elle ne préside plus leurs pensées, ne coordonne plus leurs membres, ne consigne plus leurs conversations.

Ici, elle doit renoncer au style, aux figures rhétoriques et aux sonorités.

La persuasion par les mots est vaine car dans le réel, il n'y a pas d'audience, pas de lecteurs.

La nature, elle aussi, s'est dégagée de ses multiples métaphores et comparaisons. Elle l'avait trop personnifiée, la hissant trop souvent au rang de personnage principal de ses fictions.

Elle réalise soudain qu'elle a moins de jouissance à vivre qu'à écrire.

Elle a trop pris goût à décider des clairs-obscurs.

Ici, la fatigue et la lassitude des hommes ont tout gommé, leur routine aussi.

Une vie de plus ou de moins marque bien moins les vivants que les lecteurs.

La suggestion est bien plus saisissante que l'évidence. La réalité est bien plus ordinaire.

Le rituel du lever et du coucher, la liste assommante d'obligations journalières, sans compter leurs besoins ordinaires, ne laissent plus de place aux souvenirs du passé.

Ils sont usés et veulent en finir.

Son frère ne pose même plus les yeux sur elle. De dos, il préfère regarder les dernières braises, les deux mains agrippées au manteau de la cheminée.

On lui détache les poignets qui lui font mal.

On lui dit de repartir, de quitter le village et de ne jamais revenir.

Une vieille femme va ouvrir la porte.

Elle se lève et marche péniblement. Personne ne prend la peine de l'escorter.

Elle les regarde tous une dernière fois avant de sortir de la pièce et descend.

Elle se souvient qu'elle se tenait à cet endroit précis, un demi-siècle plus tôt, soulevant la traîne nuptiale de sa sœur.

Elle suivait sa silhouette au pas, les yeux rivés sur les motifs d'arabesque.

Les instructions de sa mère l'avaient accompagnée jusqu'au porche de la cathédrale.

Une seule tache aurait gâché l'ouvrage long de plusieurs semaines.

Mais aujourd'hui, il ne reste rien de la jeune mariée à l'exception de son cercueil en bois de cèdre reposant dans le caveau familial.

Elle y avait été enterrée bien avant ses propres parents, perturbant le cycle naturel des générations.

Elle a voué un culte à cette jeune fille assassinée le lendemain de ses noces, a adossé sa propre existence à son absence.

Mais Nada n'est plus, des décennies que son nom n'avait plus été prononcé.

Personne n'avait plus jamais donné ce prénom à des nouveau-nés, on disait qu'il porterait malheur à leur future réputation.

Ils sont revenus au village. Ils n'ont plus que quelques heures sur place.

Le chauffeur avait insisté pour revenir les chercher avant le coucher du soleil.

L'équipe de tournage rase les murs des ruelles, chuchote, consciente que sa présence n'a inspiré qu'hostilité.

Elle marche en direction de la grande place encore affaiblie par le huis clos. Rien n'est sorti de sa bouche.

C'est que dans cet endroit, il est vain de parler.

Revenir ici l'a frustrée davantage, ils ont confisqué sa douleur.

Pire que tout, elle ressent de la culpabilité, la même que ses parents distillaient dans son enfance. Cette sécrétion infecte et quotidienne qui inverse les rôles, ce sentiment de faute permanent alors que l'on n'a rien fait de mal, cette punition constante qui rend les yeux des enfants tristes.

Elle avait passé sa jeunesse à lire la déception et le déplaisir dans le regard de ses parents.

La spontanéité s'était tapie dans un coin exigu de son cœur et à force de la taire, elle avait fini par oublier ce que c'était.

Vivre dans ce village, c'est s'acquitter constamment d'une dette que l'on n'a envers personne.

La culpabilisation est leur seul langage, leur seul moyen d'interaction humaine et de contrôle parental. Elle est admise dès le plus jeune âge et personne n'ose la remettre en question.

Elle contourne le chevet de la vieille église de son quartier, tente de se recoiffer et d'arranger son tailleur.

Son cœur bat vite, trop vite.

La nausée et le vertige la surprennent à l'approche de la grande place.

Elle s'arrête, se penche en avant pour calmer ce haut-le-cœur qui lui arracherait encore un peu la poitrine.

Elle ne peut plus se retenir, elle vomit sur une vieille borne en pierre.

Elle a honte de faire autant de bruit, jette un coup d'œil derrière elle comme une bête traquée.

Elle dira plus tard qu'il fallait en passer par là pour expulser ce goût amer, cette bile si acide qui émoussa la surface de la vieille pierre.

La réalisatrice vient lui porter secours mais elle relève la tête et s'essuie la bouche à l'aide de son avant-bras.

Elle avance en respirant profondément.

Elle sent que quelque chose s'est modifié en elle, qu'elle n'est plus tout à fait la même.

Une page se tourne à l'approche de la grande place.

En brûlant ses romans, les anciens l'ont soignée sans le savoir. Ils l'ont sevrée.

C'est un étrange sentiment qui est à l'origine de son état, un phénomène qu'elle ne s'explique toujours pas :

Les mots à la fois guérissent et contaminent, soulagent et torturent, pansent et écorchent.

Écrire fait en définitive autant de bien que de mal.

Elle porte l'eau fraîche de la fontaine à son visage, remue ses mains à la surface de l'ancien réservoir.

Son cœur ne tambourine plus, elle est soulagée.

Une joie de vivre la cueille, elle sourit.

Le cameraman tourne autour d'elle et capture son profil, ses pommettes restées hautes malgré son âge.

Elle lève la tête et ferme les yeux, un large sourire aux lèvres. Elle agite l'eau et les éclabousse comme une petite fille et rit comme elle n'avait plus jamais plus ri.

Elle n'a plus peur de cette montagne qui les toise de haut, ni de cette cathédrale qui écrase la colline.

Assise sur le rebord de la fontaine, elle les arrose encore et ils reculent, amusés.

Elle redevient l'espace d'un instant l'enfant qu'elle a laissé grandir trop vite.

Cette liesse ne dure pas. Ils se figent tous.

Un bruit monte vers le village, le sol tremble.

Sans prévenir, un troupeau d'une cinquantaine de chèvres intrépides envahit la place du village.

Autrefois domestiquées, elles se sont ensauvagées au fil du temps.

Elles se bousculent sans se faire tomber, foncent sans se déranger.

Deux couloirs hémisphériques contournent la fontaine.

Obstinées, elles encombrent la vieille esplanade de pierre, formant clan.

Les plus cornues, les plus visibles ne se laissent pas approcher par l'homme.

Elles reculent à l'approche d'une main ou d'une voix.

L'une d'entre elles pourtant avance.

Le cameraman tourne à l'épaule, en plan serré, il se tient sur la pointe des pieds pour ne rien perdre de ce qui se joue.

La romancière tend la main vers le museau de la chèvre, caresse ses pampilles.

Elles se regardent fixement et se reconnaissent.

Elle lui chuchote des choses à oreille. Espiègle et curieuse, la chèvre se tourne vers la caméra et semble rire à son tour.

Un bêlement généralisé couvre le village.

Leurs voix chevrotantes résonnent du pied de la montagne jusqu'à son sommet.

Dans mon sommeil, j'ai mille fois revisité ce talus de pierre.

Je me réveillais avec ce fragment de rêve, ce tertre qui glaçait mes pieds.

Au bord de cette faille terrestre, il offrait aux visiteurs un paysage captivant à perte de vue.

Couverte de sueur, j'avais affronté quelques secondes plus tôt le froid glacé de la montagne.

Cette vision clignotait encore dans ma mémoire. Regarder la mer de ma fenêtre me ramenait à la réalité, deux mille mètre plus bas, au niveau zéro de ma conscience.

J'ai longtemps cherché à chasser cette image, à la noyer dans mes tâches quotidiennes mais elle revenait à mon insu quand mon corps et mon esprit se relâchaient.

La nuit est un ventre mou pour les assauts de l'inconscience.

Ce rocher aplati surgissait encore et toujours, m'avertissant que le problème restait non résolu.

Cette pierre n'était pas seulement un lieu géographique, elle me représentait moi-même, confrontée au moment tant redouté.

Je rejouerais la scène tant que je ne l'aurais pas dénouée.

Cette injonction nocturne me faisait découvrir de nouvelles choses sur moi-même et me donnait un aperçu du combat à venir.

Ce message m'était délivré dans mon sommeil, je devais lui donner du sens dans le réel.

L'anxiété m'en empêchait.

J'ai mis du temps à comprendre, à trouver les réponses.

Mon esprit était trop borné, trop têtu. Ce rêve répété était une alerte, je devais l'interpréter.

Un autre rêve me visitait, tout aussi tenace que le premier.

Il se déployait dans les grottes si familières des falaises de mon enfance.

Je vagabondais dans de longs couloirs mais perdais l'itinéraire de sortie.

Les boyaux s'enchevêtraient et me plongeaient dans une affreuse confusion.

Mes mains sondaient les parois.

J'y cherchais en vain un reflet brillant, l'espoir de retrouver la lumière initiale.

J'errais dans des dédales humides, cherchant vainement la provenance de ce bruit de pluie et de vent mêlés.

Je passais de cavités de petite taille à de grandes salles au plafond haut.

Mes mains effleuraient des parois sèches et d'autres, recouvertes d'un suintement uniforme d'eau douce.

L'absence de lumière me terrorisait, j'étais dans une éternelle nuit sans lune.

C'est sans doute dans ces multiples rêves rupestres que j'ai puisé l'instinct d'écrire.

Ce même rêve me signifiait avec obstination que là résidait mon salut.

L'environnement pariétal est semblable à la page blanche.

On erre dans des couloirs dépourvus de lumière, on cherche à tâtons la bonne orientation, les bons repères.

On s'égare aussi dans des passages sans issue, des mauvais paragraphes, des pans entiers de lignes pareilles à des impasses.

Les bons mots nous font regagner l'artère principale, ce gouffre d'entrée qui nous permet de revoir la lumière.

Écrire, c'est se débattre dans l'obscurité pour apercevoir enfin une lueur, cet espoir fou d'aller dans la bonne direction.

On s'extasie devant ces parois scintillantes ornées de cristaux, ces lacs d'eau limpide, ces rivières souterraines charriant les mots à gros débit.

La pierre tendre et nacrée libère la pensée.

La fiction permet de s'installer dans des endroits restés vierges, préservés de toute présence humaine.

J'étais la première à fouler cette crypte, ma crypte.

Il n'y faisait plus froid, l'air se réchauffait à force d'y pénétrer, à force d'écrire.

Je ne me perdais plus.

Et puis surtout, je me suis habituée à l'obscurité, mes yeux ont fini par percer l'opacité.

J'étais mieux à l'intérieur qu'à l'extérieur.

J'ai pris goût à cette solitude.

Est arrivé le moment où la grotte n'eut plus de secret pour moi, il fallait en trouver une autre, et une autre encore et ainsi de suite…

Composer une œuvre, c'est avoir percé tous les mystères de cette longue falaise.

J'ai mis du temps à interpréter ce rêve, je résistais intérieurement.

Je savais au fond de moi que j'allais offrir ma vie à l'écriture alors je retardais ma vocation avant de m'y lancer corps et âme.

Je craignais de perdre ma liberté.

Et puis j'ai commencé à penser à ma grotte en plein jour, en éveil et plus seulement en sommeil.

Je la visitais à toute heure de la journée. Trop peut-être.

J'y avais installé un campement permanent.

Il était temps.

L'écriture naît d'une faille, d'une faillite.

Je voulais tout dire mais j'arrêtais les mots de cette dictée automatique.

Je coupais court.

Ce qui surgissait était insupportable.

J'arrêtais l'émotion.

J'étais mon propre censeur.

Je ramassais l'écriture, la taillais dans ma douleur.

La plaie coagulait.

Je quittais la surface de la terre et à mon retour, la blessure s'infectait à nouveau.

C'est faux de dire qu'on guérit, on soigne juste.

C'est un pansement de courte durée.

Écrire, c'était rester avec elle, avec Nada.

Na-da, deux syllabes que je n'ai cessé d'inclure dans le corps du texte.

Je n'ai jamais aimé donner des prénoms à mes personnages.

Ils ne méritaient pas d'exister davantage, ils avaient fait tant de mal que je leur avais ôté toute identité.

À l'exception du prénom de ma sœur qui émaillait les pages, les autres personnages étaient cités par leur métier ou vieux patronymes, « fils de… », « petits-fils de… ».

Je m'attelais à rejouer avec d'infimes détails les quelques heures qui avaient précédé sa mort.

La sidération avait emporté ma mémoire, l'écriture allait me la restituer.

J'avais, sans le savoir, stocké une impressionnante quantité d'images, de sons et d'objets avec un degré de détails extrêmement élevé.

Je rétablissais l'ordre des scènes, le déroulais avec exactitude.

Je creusais dans cette réserve d'informations, traquais les agissements humains les plus communs et assemblais cette minutieuse chronologie comme un puzzle.

Ces minuscules choses insignifiantes, mises bout à bout, me donnaient l'illusion de pouvoir changer les choses.

Mais au fond de moi, je savais qu'il me serait impossible de changer la fin, de sauver ma sœur.

Éplucher les quelques heures avant sa mort m'aidait à accepter le drame.

J'analysais les heures, les minutes, les secondes.

Je dépouillais avec fanatisme, piégeais avec fureur ces éléments ordinaires d'un passé révolu.

À nouveau, je tentais de surplomber l'histoire, comme lorsque j'étais accrochée à ma balustrade.

J'ambitionnais l'exactitude photographique.

J'étais devenue une caméra humaine.

L'ordre d'apparition des scènes à l'écran dépendait de ma seule volonté.

Rien dans ce montage d'événements habituels ne présageait de sa mort.

Une seule chose aurait dû m'alerter et je n'y avais guère prêté attention : les larmes de ma sœur que ma mère et moi avions mises sur le compte de l'anxiété de la future mariée.

Je revois les mains de ma mère travailler la petite boule de mélasse, de jus de citron et d'eau pour son épilation.

Elle réchauffait régulièrement le sucre et retirait d'un geste sec les poils de ses mollets, avant-bras et aisselles en procédant par à-coups.

Une lotion à base de fleurs d'oranger était censée calmer les rougeurs apparues sur sa belle peau.

Ma sœur semblait nerveuse, déclinant les nombreuses pâtisseries garnies de pistaches, noix, dattes, cajous et pignons de pin préparées depuis des jours par notre mère.

Elle voulait ouvrir la fenêtre car elle disait manquer d'air.

Notre mère le lui interdit formellement prétextant que les jeunes mariées ne se montrent qu'à l'entrée de la nef.

Ma sœur eut un fou rire aussi en regardant la blancheur immaculée de sa robe.

Nous avions ri de bon cœur sans savoir d'où venait son hilarité désespérée.

Ma mère avait sorti une liqueur de son armoire, Nada l'avait bue d'une traite sans grimacer, en avait demandé encore.

Le grincement de l'armoire avait mis fin à ses espoirs d'exil spiritueux.

Elle passait du rire aux sanglots, de l'asphyxie à la léthargie.

Nous l'avons habillée : chorégraphie savante menée à quatre mains ajoutant couches sur couches amidonnées et parfumées.

Elle avait ensuite pris mes mains, les avait posées sur son cœur.

Les battements si forts soulevaient mes doigts.

Nous étions prêtes mais elle avait demandé un peu plus de temps.

Elle a regardé la modeste pièce, nous a prises dans ses bras.

Nous avions pensé qu'elle redoutait les sept jours sans sa famille, cet archaïsme imposant aux jeunes mariées de se fondre à la famille du mari pendant une semaine et lui interdisant tout contact avec les siens.

Et puis nous avons ouvert la porte, la brise avait emporté un temps son angoisse.

Elle avait fermé les yeux et avait eu ce sourire plein d'endurance.

J'ai porté son voile jusqu'à la cathédrale.

Ma mère ne quittait pas des yeux ce voile. Pour elle, c'était une question de vie ou de mort, un présage…

À mi-chemin, l'ourlet de sa robe fut sali, ma mère tenta de déloger la saleté à l'aide de sa salive et de son pouce, accroupie en pleine ruelle.

Par la suite, ma sœur souleva sa robe si haut que je vis ses chevilles fines.

Notre mère se signait et répétait des prières en boucle pour exorciser sa peur de la saleté, une prophétie, là aussi...

Arrivée sur les premières marches, j'ai posé le voile sur la pierre blanche du parvis et me suis assise sans perdre des yeux le profil de ma sœur.

J'essaye, j'essaye de me rappeler de tout...

J'ai tenté de restituer au millimètre près tous les détails de cette cérémonie et des festivités de la journée.

Ne me sont revenus que les bribes de voix de l'archevêque plus richement vêtu que le pape lui-même, les silhouettes agenouillées des anciens sur les prie-Dieu fermant avec force leurs yeux pour être plus dignes de recevoir le sacrifice du Christ, le jeune marié qui regardait constamment sa promise et elle qui fixait le Christ en croix sans jamais ciller.

Je n'écoutais pas la messe, trop occupée à observer, trop happée par les expressions de cette multitude de visages.

Je les examinais tous mais personne ne m'avait repérée.

Parfois, je croisais le regard inquisiteur d'un ancien, je le mettais en déroute, récitant les yeux fermés une supplique secrète pleine de piété et de dévotion que j'avais improvisée. Les semer pour mieux les piéger.

Pendant l'eucharistie, j'ai vu aussi mon frère enserrant dans sa mâchoire son poing entier.

Puis, debout, marchant vers le corps du Christ, je vis que les manches de son costume étaient trop longues, dissimulant le dos de ses mains.

Ma mère était toujours affairée autour du voile.

En sortant de l'édifice, ma sœur marchait vers la sortie en regardant toujours en arrière l'étoffe pareille à une grosse virgule, pause de courte durée avant le point final.

Des images furtives qui, mises bout à bout, m'indiquaient des signes discordants.

Les sourires forcés de ma sœur cachaient un visage grave.

Les natifs du village mettaient cela sur le compte de sa grande modestie, cet effacement contrastant avec sa grande beauté.

Elle serrait son bouquet, se donnait du courage en le comprimant davantage.

Deux mains agrippées à son destin.

Le cœur de ma sœur ne battrait plus au petit matin.

En mourant, Nada a déchiré mon âme.

Une torche à la main, je pénétrais plus profondément dans cette grotte que j'avais baptisée la « cathédrale » tant une des salles était haute.

J'arpentais des passages étroits, des galeries plus larges et découvrais la grande coupole de ce sanctuaire souterrain.

Il n'y avait ni vitraux, ni pilastres, ni retables mais d'extraordinaires bas-reliefs sculptés par l'écoulement des eaux, les éboulis de roches.

Les concrétions blanchâtres s'apparentaient au règne humain, animal et végétal.

J'identifiais des visages, des mâchoires acérées, des saules pleureurs, des orgues, des escaliers et ce grand lac de jade à l'eau glacée.

Nulle trace de dorure, mais des dépôts de calcite brillaient au passage de ma torche.

J'étais accompagnée d'un concert de gouttelettes aux rythmes variés.

Une musique étrange avec ici et là de vagues cris, des bribes de voix humaines cherchant à prononcer des mots sans succès.

Les souffles sont courts en profondeur.

J'avais compris que les sons d'en haut résonnaient ici-bas.

Il y avait bien un monde supérieur et un monde inférieur.

J'y étais bien mieux.

Le vacarme des vivants s'échouait dans cette vaste catacombe sans dépouilles.

La grotte saisissait les miettes sonores à la surface de la terre.

La proximité du canyon faisait ricocher les clameurs du village.

La lumière de ma torche traquait en vain l'origine des sons.

Je cherchais des écoulements d'eau invisibles, des cascades inexistantes, des sources introuvables.

J'eus cette vision qui fit trembler ma main.

Dans la roche, un voile de mariée, traînée blanchâtre aux draperies lourdes au point que le poids de l'étoffe semble suspendue.

Ma gorge se serra. Ma sœur s'était mariée la veille, son voile gisait là, devant moi, pétrifié à jamais dans la pierre.

La lueur de ma torche vacillait. Je devais utiliser le peu de lumière qui me restait pour sortir de ces boyaux qui semblaient se refermer sur moi.

Plus je m'orientais vers la sortie, plus j'entendais des voix. Ce n'était pas des voix intérieures venues de mes propres pensées mais des voix qui interagissaient. L'une d'entre elles prédominait sur les autres.

À mesure que j'avançais vers la lumière naturelle, le volume devenait plus net.

Des mots se répétèrent sous la forme d'un écho.

À l'entrée de la grotte, ce flot de paroles me parut encore plus distinct.

Les chèvres ne semblaient rien entendre, trop occupées à débusquer des touffes d'herbes dans les endroits les plus insoupçonnables.

La faible lumière de ma torche disparut dans la clarté du matin, absorbée par le jour.

J'entendais bien des voix, des paroles désorganisées autour de plusieurs interlocuteurs.

La brèche renvoyait les sons, amplifiait les voix masculines, amortissait les sanglots d'une femme.

Je restai figée, m'interdisant tout mouvement.

Je saisis des supplications aiguës suivies d'un lourd silence.

Une détonation déchira le matin écartant davantage les bordures de la faille terrestre.

Les mésanges s'envolèrent d'un coup, l'escadrille fit craquer les branches basses du genévrier.

Les chèvres prirent congé les unes après les autres, gagnant le vide comme si elles y trouvaient refuge.

Je compris, impuissante, que les animaux craignaient plus la peur que la mort elle-même.

Les chèvres tombaient comme des sacs lourds. Le fleuve en contrebas les contournait à défaut de les engloutir. Une lame d'eau giclait sur leurs flancs, un ruisseau supérieur, un barrage asséchant la berge.

J'ai trébuché cent fois avant de gagner la surface, j'essuyai mes mains moites pour avoir meilleure prise.

J'agrippais l'ultime parapet de pierre quand je vis ma sœur gisant sur le talus de pierre. Ses yeux fixaient la toile du ciel, scrutaient sans ciller la migration lente des nuages.

Sous le genévrier, trois hommes ayant le sentiment d'avoir accompli leur devoir.

Je suis restée soudée à la falaise.

La dissimulation est ma condition humaine. J'en ai fait mon métier.

Je n'ai gardé d'elle qu'un peigne en écaille surmonté de perles de corail rose.

Mon silence tuait sa mort, je m'obligeais à regarder le peigne pour me la rappeler.

Ce peigne était son cimetière.

Je n'ai su que bien plus tard que ce n'était ni de l'écaille de tortue, ni du corail mais un vulgaire caoutchouc moulé et durci et des perles en plastique.

Les lâches ne s'étaient même pas donné la peine de le ramasser.

J'ai retrouvé cet accessoire sur le talus de pierre après que son corps a été déplacé et transporté par mon frère.

Dans notre région, celui qui tire avec son fusil est en charge de la dépouille, qu'elle soit animale ou humaine.

J'ai juste eu le temps de voir qu'il sanglotait en la portant, lui baisant le front alors qu'il montait la pente escarpée de la falaise.

Ses pieds semblaient s'enfoncer dans le sol, il grimaçait d'efforts et de douleur.

Sous la pression du clan, il avait lavé l'honneur de la famille, avait commis avec une désarmante facilité l'impensable.

J'ai entendu plusieurs fois le mot « hymen » hurlé par son jeune époux sans comprendre.

Le déshonneur se lisait sur son visage.

La défloration n'avait pas eu lieu dans le lit nuptial.

Nada n'avait pas saigné lors de sa nuit de noces.

Les draps soigneusement amidonnés par sa belle-mère n'avaient pas été salis.

C'est le talus de pierre qui avait recueilli le sang de ce viol final.

Son jeune époux n'avait pas versé une larme, trop conditionné qu'il était pour la répudier et exiger réparation.

Nada ne fut considérée que pour ce bout d'anatomie, cette membrane qui, encore conservée, aurait fait d'elle une valeur sûre.

Ce talus de pierre brut surplombant la faille terrestre comme la proue d'un navire était sa dernière destination.

La forêt des cèdres avait vue imprenable sur la toponymie du drame. Ces grands résineux avaient tout l'air de valider ce crime d'honneur.

L'endroit se vida vite de ses occupants.

Un silence sans faune.

On aurait même pu croire que rien ne s'y était produit.

Je fus tentée de penser que j'avais inventé cette histoire et que rien n'avait eu lieu dans ces lieux étrangement déboisés.

Accrochée au même bloc de pierre, ne sentant plus l'extrémité de mes doigts, je montai le dernier talus de pierre, à genoux sur la pierre glacée.

La vue du sang mit fin à mon illusion. La pierre l'avait déjà absorbé comme l'encre sur le papier.

Le vent servit de buvard, asséchant le lustre de cette pellicule visqueuse.

Le peigne gisait à quelques mètres en équilibre instable sur un monticule de débris rocheux.

Un cheveu de Nada était resté dans l'interstice. Je l'enroulai autour de mon index telle une relique de saint.

Le Testament du prophète

Nada est morte comme une pécheresse, je fis d'elle une sainte consacrée et canonisée dans chacun de mes romans.

J'ai fait ce vœu d'être son unique pèlerin.

Ils ont insisté pour visiter la grotte avec elle. L'équipe de tournage ne pouvait pas envisager une seconde de quitter ce maudit village sans avoir vu de leurs propres yeux le motif principal de ses romans : la fameuse grotte.

L'accès autrefois sauvage a été bétonné avec une solide rambarde sur la vallée.

Des bornes de repérage ponctuent l'itinéraire des piétons, ils rentrent dans le meilleur chapitre de cette histoire.

L'entrée de cette cavité s'ouvrant dans la paroi est un porche rond, élargi au fil du temps pour faciliter le passage. Jadis, on y grimpait, aujourd'hui, on y rentre. Une plaque sculptée orne le fronton avec une inscription. On a baptisé les lieux du nom d'un ermite repéré par les villageois deux cents ans plus tôt.

Nul besoin de torche, tout est éclairé au moyen de projecteurs puissants et étanches.

Elle ne reconnaît pas l'embouchure, trop pressée d'atteindre le ventre de cette cavité. L'aménagement des lieux la frustre. Le spectacle est assuré par un jeu de lumières colorées, accentuant les reliefs, à mi-chemin entre féerie et sorcellerie.

Elle cherche une coulure blanche concrétionnée et un marquage grossier.

Elle cherche une éraflure.

Cinquante ans plus tôt, elle avait inscrit le prénom de sa sœur au pied d'une traînée blanche et une date, 1962. Elle n'avait pas réfléchi, cette inscription lui paraissait une nécessité. À l'image d'une épitaphe, elle avait figé le présent attestant de son bref passage sur terre mais ignorait à l'époque qu'il serait un clin d'œil au futur.

Le froid humide la fait renouer avec son enfance.

Elle pénètre dans cet épais manteau terrestre, dans cet espace de l'envers qui s'offre à nouveau à elle après un demi-siècle d'oubli.

Ils remontent à l'aide d'un jeune guide le courant d'air, ce vent des ténèbres soufflant inquiétant.

Elle aurait préféré ne pas renouveler l'expérience.

Cet endroit se garde et ne se montre pas.

Elle se trouve impudique de l'exhiber ainsi à son équipe.

Cette géographie est greffée à sa mémoire, une typologie sans angle et sans végétation qui s'apparenterait presque à son anatomie intérieure.

Les souvenirs remontent à la surface. Elle effleure les microfissures, loge ses doigts dans des passages secrets, contourne les obstructions, emprunte les dénivelés.

Avant, aucune rampe ne lui donnait d'appui, aucune marche sculptée ne facilitait le passage d'une cavité à l'autre. Elle avançait à tâtons dans l'obscurité, suivant les parois courbes sans jamais se heurter aux reliefs.

Toute d'obscurité vêtue, elle avait fini par distinguer les subtiles variations de noir, déchiffrant d'instinct les creux et les pleins.

Elle retrouve ces choses vues cinquante ans plus tôt, ces images inaltérables qui lui apportaient à l'époque le réconfort dont elle avait besoin.

La lumière crue des projecteurs a changé les lieux.

Avant, cet endroit était celui d'une déchirure. Aujourd'hui, il est délivré du drame.

Le cameraman perd l'équilibre dans les passages étroits.

Il ne la quitte pas des yeux, alternant les prises de vues sur son visage qui semble rajeunir à mesure qu'ils avancent.

Elle a retiré ses escarpins rouges, a préféré arpenter pieds nus le sol poreux, renouant avec sa souplesse passée. L'agilité de ses jambes étonne l'équipe, ils en oublieraient presque son âge.

L'air devient stable, le vent a cessé de souffler, de rugir.

Ils entrent dans une cavité plus étroite, baissent la tête pour passer d'une pièce à l'autre. Ils progressent de boyau en boyau, surpris de voir des mégots à terre, des tessons de bouteille, des goulots cassés. Le guide s'indigne du manque de respect des visiteurs, des jeunes forçant l'entrée à la nuit tombée, laissant derrière eux les restes de soirées enivrées sans parler des forts relents d'urine impossibles à déloger.

La réalisatrice ne peut cacher son dégoût, la main sur le cœur, elle tente de chasser sa nausée.

Ils avancent, cherchent une salle plus haute pour respirer à pleins poumons.

Elle progresse plus vite que tout le monde, se risquerait presque à dépasser le guide si elle osait.

Arpenter cette grotte, c'est retrouver son innocence initiale, l'extrême vulnérabilité de sa jeunesse.

Elle a le sentiment que tout cela semble être arrivé dans une autre vie.

Revenir ici l'expose à ce sentiment d'impuissance qu'elle a combattu toute son existence avec acharnement. Mais c'est également ici qu'elle s'est redonné le droit de vivre. Ces quatre lettres, NADA, et quatre chiffres, 1962, gravés dans la roche à l'aide d'une vieille corne de chèvre l'avaient guérie d'une souffrance insupportable.

La concrétion blanche est intacte, une archive conservée à même la roche.

Le guide, persuadé qu'il s'agit d'un graffiti amoureux, du souvenir d'une idylle, saisit toute la tristesse de ce moment. Il ne pose aucune question.

La caméra zoome sur la traînée blanche, cadre la bande inférieure en faisant de gros plans.

Tous sont recueillis devant cette surface rocheuse. L'émotion est palpable. Le guide baisse la tête.

L'origine de l'écriture est là, devant eux, évidente et éclatante.

Une cicatrice propre, signant le début d'un serment.

On ne guérit jamais de son enfance, on la réécrit toute sa vie.

Ils font le chemin inverse, ressortent progressivement de l'antre. La lumière artificielle est absorbée par celle du jour. Les projecteurs sont encore braqués sur le personnage principal de cette histoire.

À la sortie, elle s'adosse à la paroi rocheuse. Elle entend le léger clapotis du fleuve en contrebas.

Elle ne parvient plus à voir le versant opposé, une mer de nuages a noyé l'abîme, un brouillard qui lui ôte toute visibilité.

L'épaisse formation gazeuse loge aussi en elle. Elle lâche prise progressivement, se vide de ses pensées multiples.

Elle fait taire son imagination.

Le jour est en train de tomber, on se frotte les épaules pour se réchauffer.

L'équipe range le matériel de tournage et jette un dernier regard à l'entrée de la grotte.

On la presse car le chauffeur devrait arriver d'une minute à l'autre sur la place du village. On lui tend même une main pour l'aider à se dévisser du rocher.

Elle sent des gouttelettes sur son front, les essuie machinalement avec sa manche.

Du sang dont elle est incapable d'indiquer la provenance.

Une coulure visqueuse et fraîche ruisselle du talus rocheux qui les surplombe, la pierre suppure. Elle y voit un message indéchiffrable, les lettres d'un alphabet inconnu. Les multiples fissures et crevasses en accélèrent ou freinent la progression. Ce message n'est adressé qu'à elle.

Le guide leur demande de reculer et ôte son manteau. Il se frotte les mains pour plus d'adhérence. En quelques coups d'œil, il repère les surplombs minuscules de la falaise qui lui serviront d'appui. Le bassin éloigné de la paroi, il coince ses semelles dans les trous qui s'offrent à lui. Il passe d'un point à l'autre en croisant et décroisant ses membres, le bout de ses doigts soudé à de minuscules prises.

Il se fige un instant, reprend son souffle avant de projeter son talon au sommet du talus.

Ce qu'il a vu au sommet, nul ne le sait encore.

L'impatience se fait sentir en contrebas de la falaise.

L'équipe presse le guide, le bombarde de questions. Il est invisible depuis qu'il a atteint le palier supérieur.

Elle scrute sans rien dire les dernières perles de sang, arrivées au terme de leur périple.

L'idée germe en elle qu'une libération va s'accomplir, qu'un temps va être révolu. Elle n'est pas impatiente comme les autres.

Une petite voix intérieure et perfide lui dicte aussi un sentiment de honte. Elle prévoit qu'elle devra encore attester de son innocence.

Elle se rappelle des mots qu'on lui avait jetés au visage au début de cette même journée.

Tu n'aurais pas dû revenir. Rentre chez toi tant qu'il est encore temps.

Ce retour te portera malheur. Pars et ne reviens jamais plus. Les gens d'ici te détestent. Tu les dégoûtes.

Le cameraman a hissé la caméra sur son épaule. Une paupière fermée et l'autre ouverte, il attend la réapparition d'un visage en contre-plongée.

Du haut du rocher, le guide leur fait signe, les regarde avec effroi. Il est comme statufié.

Un pan de son visage livide se détache de la pierre, menton distordu et puissant.

Nul ne sait encore ce qu'il a vu, lui-même a du mal à exprimer son désarroi.

Elle sent qu'elle n'est plus la seule à écrire, un autre narrateur se joue d'elle et vient parasiter son histoire.

Ce talus offrant un panorama d'exception sur les gorges rocheuses est un angle plat, une piste à taille humaine, une péninsule faite sur mesure. La mort s'y invite, s'insère dans chacun de ses livres.

Le pouls d'un vieil homme a cessé d'y battre. Une balle logée dans la tête a emporté son impossible vérité.

Le guide a tout de suite reconnu cette grande figure du village, il l'a nommé en se signant machinalement.

Son patronyme lui indique qu'il s'agit de son propre frère mais cet homme ne l'avait jamais été à ses yeux. L'ancien prédateur est mort. L'histoire aurait pu s'arrêter là mais elle n'est pas terminée.

> C'est moi qui l'ai tué. Je suis revenue ici pour ça.
>
> J'en assume l'entière responsabilité.

La sidération s'est emparée du groupe. La scène est coupée.

Ils sont sans voix.

Le brouillard s'est dissipé, avalé d'un coup par les rayons horizontaux du soleil.

Une lumière noire enveloppe le décor.

Cinq silhouettes minuscules et immobiles campent sur un promontoire rocheux au bord d'un précipice.

Un vieux gisant toise encore le ciel, la tête ceinte d'une auréole de sang.

Elle anticipe déjà les prochains chapitres et se dit que c'est de loin le livre le plus facile qu'elle ait jamais écrit.

Mon frère est mort sur le même talus de pierre.

C'était lui ou moi.

J'ai tout organisé, tout prémédité. Je l'ai tué pour pouvoir vivre.

De l'avis de tous, ce fut le meurtre parfait. Je n'étais l'auteur de ce crime qu'au sens littéraire du terme.

Je n'ai pas eu à me salir les mains, ni à effacer mes empreintes.

L'équipe de tournage ainsi que le guide attestèrent de ma présence parmi eux, caméra à l'appui.

Je n'ai pas le don d'ubiquité et pourtant je revendique haut et fort ma culpabilité.

J'ai mobilisé tout mon esprit pour orchestrer sa mort, convoqué des images avec une netteté jamais atteinte.

J'ai pris conscience de l'étendue de ma puissance, j'étais au sommet de mon art.

Jamais fabulation ne fut aussi réelle. Jamais je ne m'étais sentie aussi capable de l'accomplir.

J'ai décrit sa dépouille avec minutie, fait deux ou trois pas de côté, à gauche, à droite et autour de lui pour le décrire sous toutes les coutures.

J'ai pensé son placement dans l'espace, repositionnant bras et jambes pour rendre la scène plus tragique. L'idée de verser son sang le long de la falaise m'est venue sans réfléchir, un suspense supplémentaire pour aimanter le lecteur avide de frissons.

J'ai tout mis en place, tout deviné sans jamais intervenir.

Un cadeau que le ciel m'a fait après tant d'années de patience et de souffrance.

J'ai attendu un demi-siècle pour pouvoir agir directement sur le cours des choses.

Je n'étais plus impuissante face aux événements.

Mon pouvoir ne se limitait plus à la fiction, j'avais désormais tout pouvoir sur le présent et l'avenir.

J'étais revenue dans ce maudit village pour trouver mon salut, cet environnement où par essence, je n'avais nul pouvoir.

Mon point de vue y fut absolu, mes ressources, infinies.

Je suis rentrée dans sa conscience, focalisée sur ce personnage qui avait fait tant de mal.

J'ai conspiré en silence, concentré toutes mes forces pour le dominer intérieurement.

Je suis entrée dans son esprit avec une facilité déconcertante.

J'ai hâté ses pas trop lents, l'ai fait courir sur les pentes raides et rocailleuses.

J'en ai même oublié son âge.

Sa poche déformée par l'arme blanche tapait sa cuisse comme un éperon.

Je l'ai conduit vers le talus rocheux, lieu tout choisi pour ce retournement final.

Il n'a nullement résisté, trop affairé à reprendre son souffle, visage grimaçant et haletant.

Je l'ai déplacé plusieurs fois sur le talus, l'ai privé du majestueux panorama qui s'offrait à lui.

Ses mains étaient moites, ses tempes, transpirantes.

> J'ai piloté chacun de ses doigts pour une meilleure prise, ajouté un regain de force dans sa main pour appuyer sur la détente.
>
> Le coup est parti, résonnant dans la vallée tout entière.
>
> Les oiseaux désorientés se sont séparés en deux demi-groupes, l'un vers l'est et l'autre vers l'ouest.
>
> L'origine de l'écriture était à terre, KO.

Arrivée en haut de la butte, elle jette un premier coup d'œil. Le corps est bien là, comme elle l'avait imaginé.

Elle a mal aux yeux, elle qui toute sa vie s'est accommodée des ombres.

Elle fixe le réel, déboussolée.

L'équipe de tournage s'écarte de la dépouille, lui tourne le dos par pudeur.

Elle demande au cameraman de filmer le gisant, il se rétracte, indigné par sa requête. Elle insiste encore, le soudoie. On lui dit de se calmer.

La réalité, elle ne sait pas faire. Elle s'est trop habituée à sa caverne, à sa demeure souterraine et au confort illusoire de son imaginaire.

Le monde supérieur, le monde d'en haut et sa vérité l'ébranlent.

Elle préférait finalement vivre d'illusions et d'images sensibles projetées sur les parois de la grotte de son enfance.

Elle n'est pas soulagée.

La vue de ce corps l'accable davantage. Il est un point final dans sa narration.

Elle n'a plus de visions qui viennent assaillir son esprit, le réel la laisse sans voix et l'aveugle.

Le guide a fermé les paupières écarquillées du vieil homme et recouvert son corps de son blouson usé.

Il est l'heure de rentrer au village, le guide se chargera de l'annonce du suicide aux villageois.

L'équipe de tournage lui fait savoir qu'il serait préférable qu'ils partent avant.

Elle titube, s'appuie sur l'épaule du preneur de son.

On lui dit que le chauffeur les attend sur la place du village, que le temps presse. Le guide a allumé sa torche, éclaire le sentier du retour.

Elle entend un bruit dans les broussailles suivi d'une rumination. Le guide les rassure, il connaît bien l'occupante. Il s'agit d'une chèvre qui ne se laisse pas approcher facilement.

Il éclaire ses cornes, son visage triangulaire et ses sabots. Il reste à distance, le seul moyen de ne pas la faire reculer. Elle détourne ses yeux du faisceau de lumière.

Elle est la seule chèvre qu'il connaisse à se séparer de son groupe une fois la nuit tombée. Son agilité dépasse de loin celle de ses congénères. Elle possède la capacité d'escalader n'importe quel obstacle et est étrangère à la peur.

Il pense qu'elle est une des plus vieilles, des plus expérimentées du troupeau.

Il l'a croisée à plusieurs reprises sur ce même sentier, lui a même donné un prénom.

Dana

Une anagramme riche de sens, inversion de deux syllabes qui résonne en elle.

Elle cherche un contact visuel avec la bête qui a un regard presque humain.

Elle lui dit des choses à l'oreille et caresse une dernière fois l'animal.

Torche en main, dessinant des circonvolutions au sol, le guide les presse.

La lumière vacille, la batterie sera morte dans quelques minutes s'ils ne se dépêchent pas.

Ils montent les derniers mètres qui les séparent du véhicule du guide, parqué à proximité d'une rambarde métallique.

Le sol rocailleux est instable, le guide se retourne pour s'assurer que l'équipe est au complet. Il éclaire visages et pieds, les avertissant que cette colline dénudée est fortement glissante.

L'équipe de tournage obtempère, suit ses consignes à la lettre.

Ils ne cachent plus leur impatience à quitter les lieux. Ce reportage pénible les a épuisés, ils doutent que les images tournées, décousues pour la plupart, prennent forme au montage.

Elle monte le dénivelé pieds nus. La dalle calcaire est glacée. Son corps est à nouveau stimulé.

Le promontoire s'aplatit progressivement, une route dégagée ponctuée de pylônes se dessine devant elle.

Elle a franchi l'un des derniers bastions de son existence.

Elle pense au corps de son frère reposant sur le talus de sa mémoire, ce corps gisant au bord du vide. Elle ne l'a pas inventé, elle a des témoins.

Elle se souvient même de l'odeur tenace de son sang qui lui a rappelé l'espace d'un instant celle de la résine qu'utilisait sa mère pour coller des planches.

Les pluies finiront par emporter les traces rouges sur la pierre blanche, certaines s'incrusteront dans les replis, résidus insolubles et invisibles à l'œil nu.

Elle sera la seule à y repenser, personne n'aura l'idée de visiter aux heures creuses de l'ennui ces marques foncées et brunes tatouées à même la falaise.

Elle tentera en vain grâce à son imaginaire de deviner l'inscription qui s'y cache, d'y deviner un sens caché. Elle se dit qu'écrire est une riposte pour réveiller la part la plus vivante d'elle-même.

Elle s'est relevée plusieurs fois dans cette existence qui avait l'allure d'un long test d'endurance.

Les non-dits et les non-écrits l'ont mobilisée jusqu'à cette nuit de novembre où les fragments du passé avaient épuisé tout son vocabulaire.

Les sommeils de mon enfance n'ont pas engourdi ma mémoire.

Notre fratrie partageait une chambre, la plus haute de la maison.

Hiver ou été, il y faisait toujours froid.

Je rentrais en moi-même, dissimulais ma tête sous l'épais édredon et sombrais dans une conscience tortueuse.

Nos parents avaient tout pouvoir sur la lumière, l'extinction des feux rimait avec leurs premiers bâillements, le craquement du dernier tison dans l'âtre et les aboiements répétés autour de maisons voisines.

Mon père, muni d'une brosse à ongles, délogeait la saleté de la journée avec méthode.

Mes pensées se brouillaient dans ma tête, les bruits de mon environnement domestique s'effaçaient.

Dans mon affaissement, je saisissais des bribes d'oracles et des crépitements de jugement dernier.

Je pensais en rêvant, je rêvais en pensant.

Il y avait des réveils inopinés au cœur de la nuit.

J'étais constamment en état de vigilance, jamais complètement endormie, jamais complètement réveillée.

Cet état de vigilance, je l'ai gardé toute ma vie.

Ma sœur redoutait les crises de somnambulisme de notre frère, l'escortant toujours vers sa couche, lui évitant de trébucher sur les vieilles lattes de bois.

Mon frère était fébrile, envoûté.

Il cherchait quelque chose, marmonnait des mots incompréhensibles pour parvenir à ses fins.

Il regagnait sa couche avec une frustration telle qu'elle paralysait ses membres.

J'ai le souvenir de nuits étranges où l'ennemi pénétrait le corps de notre frère. Des pulsions qu'il ne pouvait taire, des chuchotements provocants et des bruits étranges d'agonie venaient troubler nos nuits.

Ces nombreux sursauts nous privaient de tout repos, de toute récupération.

Je me recroquevillais davantage, persuadée qu'un loup s'était introduit dans la chambre aux murs pentus.

Il déambulait dans la pièce, couvert de sueur, approchait ma sœur en mettant à nu son excroissance de chair qui semblait diriger ses pas.

Ma sœur s'interdisait tout mouvement, vissée au lit telle une pierre.

L'affolement s'atténuait aux premières lueurs du jour. La bête s'assoupissait parfois à même le sol.

Au petit matin, il avait tout oublié après avoir régné toute la nuit sans nuage.

Nous fermions les yeux, détournions le regard.

Un sentiment de dégoût dès qu'il s'approchait de nous.

C'est à cette période qu'est née ma capacité narrative.

Je savais lire les émotions les plus complexes sur le visage de ma sœur, déchiffrais sa répugnance sur sa lèvre inférieure, la désillusion sur ses paupières constamment gonflées et toute la laideur du monde dans ses mâchoires serrées.

Notre tort, c'est de n'avoir rien dit. La honte était dans notre camp.

Notre frère se débarrassait de sa faute au petit matin, nous l'endossions la journée entière.

Nous étions ses victimes, il nous voyait comme instigatrices.

Nous avons laissé faire et porté le fardeau en silence.

Elle et moi n'en avons jamais parlé, les séquelles étaient trop profondes, le pacte, trop silencieux.

Les toits en pente de notre maison avaient été conçus pour résister à la neige, à la glace, à l'eau et au vent.

Au village, personne ne regardait l'état des toitures.

Les vieilles tuiles rouges étaient réputées pour durer plusieurs générations sans le moindre entretien.

Ma sœur et moi étions les otages d'une mansarde aux murs inclinés et au plafond bas, le palier supérieur d'une des maisons les plus respectables du village.

Dans cette contrée, le mariage était un accomplissement ; pour ma sœur, il fut un épilogue.

Les cloches de la cathédrale ont tinté deux fois pour Nada, une volée joyeuse pour son mariage et le glas le jour suivant.

Je ne me suis jamais mariée et ne suis jamais revenue au village malgré la promesse faite à ma mère.

Notre famille est sans descendance, à l'exception de cette vingtaine de romans signée de notre patronyme. Une progéniture de papier.

Quiétude trompeuse. Le village est anormalement silencieux, éclairé par un mince croissant de lune.

La nuit noire a effacé les bordures du hameau, rogné la montagne.

Le silence est écrasant, seul le vent s'ose à distraire le lierre grimpant.

Elle jette un dernier regard sur le tableau final.

Les locaux se sont réfugiés derrière les portes closes. L'épuisement les livre à une nuit qu'ils redoutent. Le sommeil est une perte de conscience, une défaite, une mort éphémère.

Leurs draps rêches ont le même grain que leur peau.

De loin, on pourrait croire la bourgade à l'abandon, effacée de la carte après avoir cédé aux mains ennemies.

Personne n'a pris la peine de saluer ces visiteurs du jour, ces curieux intrus venus inciser à nouveau une ancienne plaie.

La nostalgie est à leurs yeux une maladie sans remède. Ils n'ont jamais eu le luxe ni le temps de s'y aventurer.

Le chauffeur a attendu longtemps, les yeux pleins de réprimandes. Il avait pourtant insisté pour partir avant la tombée de la nuit.

Ils s'excusent, se pressent à l'intérieur de l'habitacle et soupirent de soulagement quand ils en ferment les portières.

Les pleins phares éclairent cette nuit initiatique.

Elle se dit qu'elle a traversé une épreuve symbolique.

Tout ce qui s'est passé dans ce village relève désormais d'une vie antérieure.

Elle est une autre personne.

Elle entend, malgré le crissement des roues mordant les lacets de la route, un bruit de pages feuilletées avec hâte.

Elle tourne la tête vers la vitre arrière, plisse les yeux pour percer les contours de ce paysage plongé dans le noir.

La faille terrestre n'est plus ce gouffre à perte de vue. C'est une forme pleine, un lutrin avec un livre à ciel ouvert. Le lourd tome de son existence.

Des pages se soulèvent, s'accumulent en l'air dans un équilibre provisoire avant de se poser les unes après les autres.

Les pages tourbillonnent progressivement sous l'effet de bourrasques rageuses.

Un bruit sourd et puissant finit par le clore. Les reflets de la lune font briller sa couverture lustrée.

Elle est seule à avoir vu ce phénomène, elle ne le partage avec personne.

Les autres s'agrippent aux poignées de maintien et fixent le faisceau sur la route.

Ils veulent retrouver leur capitale située en bord de mer, leur quotidien à basse altitude.

Un freinage brutal les sort de leurs introspections respectives. Ils sont tous bousculés à l'intérieur du véhicule.

C'est une chèvre dressée qui barre la route. Aucune signe d'affolement ni d'épouvante sur son visage étroit à l'exception de puissants rayons de lumière qui la déstabilisent.

Le chauffeur la récrimine et sort son avant-bras par la fenêtre pour l'éloigner.

Ses tapotements répétés sur la carrosserie et ses tentatives d'intimidation n'y font rien. Elle persiste à rester quand on l'exhorte à partir.

Elle ne s'en ira que sur ses ordres à elle.

Elle sort du véhicule, l'approche d'un pas lent et régulier et s'agenouille à son niveau.

Elle lui dit à l'oreille qu'elle sait qui elle est, qu'elle l'a su dès son arrivée au village. Elle l'a reconnue à son regard aussi ardent que réservé.

Elle lui dit qu'elle connaît le prix de son sacrifice et qu'elle y a consacré sa vie.

Mais elle lui dit que c'est terminé.

L'animal se range sur le bas-côté et défile devant les passagers déroutés.

Les habitants du village se sont déchaussés, ont déboutonné leur chemise. Leurs habits de nuit éraflent leur peau.

Leurs pantoufles traînent au sol comme âmes en peine.

Ils ont écarté les pans de leurs rideaux pour espionner le chauffeur qui attend sur la place principale.

Personne ne lui a proposé à boire ou à manger.

Il a ramené ici une vieille histoire, une sale histoire.

Ils ont détourné leur attention quand le véhicule a roulé vers la sortie et n'ont entendu que bien plus tard le jeune guide taper aux portes des maisons.

La rumeur s'est propagée de porte en porte et de fenêtre en fenêtre.

Quelqu'un s'était donné la mort en haut d'une falaise.

Des gros bras étaient réclamés pour transporter le corps en pleine nuit.

Le nom de celui qui était mort circula dans le hameau entier. Le village fut frappé d'un long silence à cette annonce.

Pour les hommes, il ne s'agissait pas d'un suicide mais bien d'un crime.

Pour les femmes, il s'agissait d'un aveu.

Pour tous, la dette de sang avait été versée.

La reprise du sang avait été finalement soldée dans un village où chaque vie se rachète par une autre.

Cette histoire vieille de cinquante ans venait de toucher à sa fin.

Une voiture partit en direction de la falaise. Elle s'arrêta au bord du précipice, les pleins phares allumés balayant le paysage dissout dans la nuit.

Le guide les conduisit sur les lieux, les lampes torches dessinaient des obliques au ras du sol.

Elles s'agglutinèrent, le visage d'un vieil homme qui regardait le ciel sans jamais ciller.

Les plus robustes hissèrent son corps.

Ils ne prirent pas la peine de nettoyer le talus, la pierre calcaire avait tout absorbé.

L'arme fut jetée dans le gouffre, catapultée le plus loin possible par le plus jeune d'entre eux. Elle était passée de ce monde-ci à l'autre, noyée dans une multitude de galets de rivière aussi lisses que l'acier trempé.

Personne ne veilla le corps.

Ce soir-là, ils furent nombreux à penser que son geste l'empêcherait d'aller au paradis.

L'homme le plus respecté du village serait inhumé sans cérémonie et à l'extérieur du cimetière comme le voulait l'usage.

Le village dormit paisiblement et plus profondément qu'à l'accoutumée.

Une paresse inhabituelle s'empara des hommes, des femmes, des enfants et des troupeaux.

Les chèvres changèrent d'itinéraire, avides de nouveaux pâturages.

La fontaine de la place gicla après un lourd bourdonnement dans ses canalisations.

Les vieilles pierres semblaient moins fortifiées, le gouffre, un creuset d'espoir.

La haute montagne n'amplifiait plus les échos du hameau, sa cime ne confisquait plus la lumière matinale à ses résidents.

C'est un village sans histoire qui se réveilla ce matin-là.

Les escarpins rouges jetés à même le paillasson de l'entrée. La hâte d'écrire m'asphyxie jusqu'au premier mot.

Je respire enfin après une longue apnée.

J'ai eu peur d'oublier ces phrases entières échafaudées dans ma tête, peur de perdre leur rythme noueux.

Les restituer le plus fidèlement possible à mon souvenir soulage mon esprit.

Je reviens d'une longue escalade, s'agripper aux mots, préférer celui-ci à l'autre m'a surmenée.

Il y a ceux qui s'effritent et ceux qui résistent, des progressions plus rapides que d'autres.

Parfois, je stagne à pic sans trouver d'appui mais ne tombe jamais.

Écrire, c'est ramener la houle de l'océan dans les grottes de mon village, le sommet de la montagne redevenant l'île qu'elle n'a jamais cessé d'être.

Le calme lisse alors la vallée toute entière, le monastère du prophète, catacombe engloutie sous les eaux profondes.

Les cèdres se recouvrent d'algues marines, peuplant dans leurs branchages d'étranges créatures.

Les sédiments et la tourbe ensevelissent leurs troncs, putréfient leurs racines.

Plus un son, plus un bruit, la voûte et l'océan n'ont jamais été aussi proches depuis la création.

Puis l'eau se retire, gicle à l'aplomb de la falaise par le biais d'immenses chutes d'eau, créant éboulements et glissements de terrain.

Je suis à l'origine d'une érosion.

L'effondrement est ma reconstruction.

J'ai ravagé mon milieu sans le moindre remords mais n'ai jamais touché le sommet de la montagne, le seul à me résister.

Il demeure imprenable malgré mes nombreuses tentatives.

Pendant cinquante années, j'ai revisité les lieux sans jamais y revenir.

Je ne suis jamais parvenue à soulager ma colère.

Il m'est arrivé de baisser les bras, de vouloir abandonner ce projet fou : attaquer cette nature immuable à l'aide des mots.

C'était comme être armée d'une épée en bois.

On n'attaque jamais la vallée sainte.

Tant de fois, je me suis sentie inutile.

Probablement les restes de mes gênes d'anciens croisés qui avaient fait étape dans ce village huit siècles plus tôt. Nous gardons dans notre sang des traces d'un vain combat.

Une croisade avec, de rares fois, le sentiment d'une victoire sur l'ennemi.

Sentiment de trop courte durée.

Aujourd'hui, j'ai atteint le sommet, y ai planté un drapeau.

J'ai brisé le silence en un paragraphe, tari ce ruisseau souterrain, cassé l'étau du secret.

Mais je ne suis pas encore guérie, même délestée de ce poids.

Désormais, j'ai honte d'avoir dit.

Que de moyens mobilisés pour ce seul aveu.

Je ne pouvais pas le faire seule, j'avais besoin d'assistance.

Nous autres, écrivains, souffrons trop de solitude, il ne tient qu'à nous de la semer avec des personnages plus vrais que nature.

J'ai hélé une équipe de tournage au complet, apostrophé un chauffeur. Un guide aussi. Tous ces procédés auxquels je devais ruse et habileté.

Je n'aurais jamais pu le faire sans eux.

J'ai même senti les effets de l'altitude alors que mes yeux n'ont jamais quitté le niveau zéro de cette région côtière où je me suis réfugiée un demi-siècle plus tôt.

Le talus de pierre ne s'invitera plus dans mes rêves. Ma tâche est accomplie.

Bouquins roman

Erwan Barillot, *Moi, Omega*
Sébastien Bohler, *Création*
Jordi Bonells, *Triptyque argentin*
Quentin Bruet-Ferréol, *Dieu est un voleur qui marche dans la nuit*
Dorothée Caratini, *Traverser la foule*
Valerie Fritsch, *Les Insuffisances du cœur*
Jean-Marie Gourio, *2 grammes 40*
Tessa Hadley, *Free Love*
Marc Sadoun, *L'Enfant de l'entre-deux*
Théo Veillon, *Ceux de l'intérieur*

Composition et mise en pages
Nord Compo à Villeneuve-d'Ascq

Imprimé en France par CPI
en novembre 2022

MIXTE
Papier issu de
sources responsables
FSC® C003309

L'éditeur de cet ouvrage s'engage dans une démarche
de certification FSC® qui contribue à la préservation
des forêts pour les générations futures.

Pour en savoir plus :
www.editis.com/engagement-rse/

N° d'édition : 64909/01
N° d'impression : 169379